衛斯理小說典藏版 26

新之又新的序言，最新的

衛斯理小説從第一次出版至今，歷時已近半世紀，總共出了多少正版，還能計得清，若是連盜版一起算，那就算找外星人來算，也算勿清楚哉！不知能不能也算世界紀錄。

算得清好，算勿清也好，能幾十年來不斷出新版，説明不斷有讀者加入，對作者來説，沒有更值得高興的事了，謝謝所有喜歡衛斯理的人，謝謝謝謝。

倪匡

二〇二〇年六月四日 香港

幾句話

寫了四十多年小說，論者將拙作分為三個時期：早、中、晚。在明窗出版的一批，屬於早期和中期的上半。三個時期的創作風格有相當程度的不同，所以風評不一。本人並無偏愛，但讀友對早期的作品，頗有好評，大抵是由於在早、中期作品之中，主要人物精力充沛，活力無窮，所以使故事曲折多變，小說也就格外吸引。明窗出版社此次重新出版這批作品，正好讓大家來證明這一點。

四十餘年來，新舊讀友不絕，若因此而能有新讀友，不亦快哉！

倪匡

二〇〇五年十一月六日

序言

這個故事的架構，靈感來自小友葉李華——他來自台灣，是在美國加州柏克萊大學攻讀物理學的學生，由於酷愛科幻小說，所以我們成為忘年交。半年多前，他寫信來，大意稱：若有科學家，把金庸小說中人物的資料集中起來，通過電腦程式，將之擴大，那麼，就可以製造出楊過、令狐沖、韋小寶來。

這設想有趣至極，一下子連故事篇名都想好了：「紙醉金迷」，「金迷」者，金庸小說也。而且，準備一開始，就讓他遇上一個落落寡歡的獨臂人——等他的妻子出現，已等了八年，還要再等八年……

不過，深思熟慮之下，一則，金庸小說中人物，皆有版權，不能侵奪；二則，珠玉在前，再努力，也寫不出楊過、令狐沖、喬峰、韋小寶來，只得作罷。

但是，這個故事卻是照這個意念而來的，至於被招來的古魂是李自成和朱允炆，只是信手拈來，別無他意。這種設想的根本基礎，自然是要承認靈魂的存在。

靈魂當然是存在的，只是人類還沒有本領把它具體地展示出來而已——這句話，並無雙關含意，意思就是它字面上所顯示的。

衛斯理（倪匡）

一九八七年十二月三十一日

目錄

目錄

……招者召也，以手曰招，以言曰召；魂者身之精也，宋玉憐哀屈原忠而斥棄，愁懣山澤。魂魄放佚，厥命將落，故作招魂，欲以復其精神，延其年壽。

——《楚辭‧招魂序》宋玉

煖湯濯我足，剪紙招我魂。

——《彭衙行》杜甫

第一部

一個進攻陰謀

「有一個進攻陰謀。」

「被進攻的目標，有着長久以來發展成功的防禦系統，極其完善。當然，任何再好的防禦系統都有隙可趁，問題是在於進攻者是不是能夠找得到這個空隙。」

「通常，雖然找到了空隙，進攻者得以滲入，但由於防禦系統的完整，總可以在最短的時間中，發現進攻者，並且將之消滅，在更多的情形下，被進攻的目標，不但依靠本身的防禦力量來消滅入侵者，還可以通過許多種方法，或增進防禦力，或不單是防禦，而是向進攻者進行反擊，使進攻者失敗。」

「進攻和防禦是全然敵對的。」

「進攻者使用什麼方式進攻、使用什麼武器進攻，自然都必須嚴守秘密。」

「防禦系統如何運作、如何擊退敵人、用什麼方式、用什麼武器，自然也是高度秘密。」

「雙方的情形都一樣，如果一切公開了，那麼，公開的一方，必然失

敗。」

「在那個進攻陰謀之中，不可思議的是，進攻的一方，竟然對防禦的一方的一切設施、運作方法，了解得極其徹底。」

「這就使整個陰謀在十分輕鬆的情形之下得以完成。被進攻的一方，甚至在未曾知道發生什麼事的時候，就已經失敗了。」

「舉一個實際的例子來看看進攻者是何等狡猾，和防禦者是怎樣失敗的。」

「防禦系統之中，有一項特殊的功能，是對不懷好意的入侵者，有自動識別的能力，只要一有入侵者出現，防禦系統就自動行動，毫不留情地把入侵者消滅，可是這項功能，卻被入侵者識破了，於是，入侵者偽裝起來，使防禦系統名存實亡，等於全不設防。」

「各位，在這樣的情形之下，結果如何，自然可想而知了。」

用十分慷慨激昂，又帶着極度無可奈何，說了以上那一番話的，是一個身形高大、留着山羊鬍子的中年人，他的聲調之所以會無可奈何，多半是由於他所說的那個「進攻陰謀」，一定會得到成功之故。

聽他在講話的人，有十來個，大多數的手中，都拿着酒杯，有的，還啣着煙，除了少數幾個人之外，大多數人的神情，都十分悠閒。

對了，這種情形，正是一個一切都很正常的，通常來說，都沒有什麼特殊目的的聚會。與會者都吃得飽飽的，食物自然精美，這一點可以從各人滿足的神情上看出來。

在那種場合，忽然有人發表了上述的言詞，多少令人感到有點意外，所以，在那中年人的話告一段落之後，就有人叫着他的名字問：「費醫生，你是不是準備寫一部小說？最流行的題材？間諜、戰爭、秘密的洩露，當然，還要有一些香艷的描寫？」

被稱為費醫生的，是在場所有人都熟知的一位傑出的醫生，大家也知道，近五、六年來，他並沒有行醫，只是埋首在實驗室中做研究工作，可是也未見有什麼成績，現沒有人知道他在研究什麼。所以，自然而然，他的幾個熟朋友，在取笑他的時候，都說他像是恐怖小說中的那個「鬼醫」，都說他愈來愈少在熟朋友前露面，多半是他在研究成功了什麼魔方配製的藥，在試管中冒着白煙，咕嚕咕嚕吞下去之後，就會變得形容古怪、舉止失常，為害世人。

在不到兩小時之前，各人這樣取笑他的時候，他並沒有反駁，只是帶着幾分不屑的笑容，作為他的反應，同時，向我望來。

我當然也在這個聚會之中。

我也知道他向我望來的意思，是他在告訴人：「看，這些人多麼沒有想像力。」

我知道費醫生他很有想像力，他和我見解相同，認為人類若是沒有想像力，那就決定不再有進步。

費醫生的名字是費力，那是一個叫起來相當響亮的名字，可是很奇怪，醫生這個職業，不知是人們出於尊敬還是習慣，只要是醫生，不論在什麼場合，人家稱呼起來，就是陳醫生、王醫生或李醫生，再也沒有原來的名字了。雜貨店東就不會這樣，沒有人稱之為「王雜貨店東」的。

我和費力不是很熟，但是對他有一定程度的欣賞，在一些場合中，偶然遇到，如此而已，所以，他一直未曾在我記述的那麼多的故事之中出現過。在這個故事中，他佔有相當重要的地位，這一點，要請大家注意。

他忽然宣稱的那個「進攻陰謀」，我既然在場，自然也聽到，我也不知他忽然這樣説，是什麼意思。

大家的視線都集中在他的身上，他緩緩轉動着手中的酒杯，神情十分感慨，過了一會，才道：「當然不是要寫小説，那是事實。」

他在那樣説的時候，又向我望了一眼，像是要尋求我對他意見的支持。可是他想説什麼，我卻弄不明白，自然也無法表達什麼確切的意見。

又有人大聲問：「是麼？那個陰謀發生在什麼地方？」

費力陡然激動起來，先是大幅度地揮着手，接着，放下了酒杯，雙手一起指向自己的身子，然後，又指向在他身邊那幾個人的身子，再指向所有人的身子，叫着：「在哪裏？就在我們的身體裏，就在這裏，在你、我、他，每一個人的身體裏。」

由於他是醫生，再加上他剛才的那一番話，給我的印象可算是深刻，所

以，我立即明白他想表達的是什麼。

他那番話中，所謂「被進攻的一方」，就是人體。人體對於侵襲，有完善的「防禦系統」，那是他故意這樣說的，實際上，那就是人人皆知的人體防疫系統。

而他口中的所謂「進攻者」，自然也就是無時無刻不向人體進攻的種種細菌和病毒，種類之多，進攻形式之繁複，簡直難以形容。

我由於最近的一次經歷，恰好和病毒有關連，所以就對那類題材特別敏感。

我暗中吸了一口氣，同時留意到，已了解費力想說明什麼的，也不止我一個人。在靜了極短暫的時間之後，有人道：「費醫生，你是想說，有一種病毒，完全了解人體免疫系統的秘密，所以，可以肆無忌憚地向人體進攻？」

費力用力點頭：「自然人人都知道，這種病毒進攻，得到成功之後，人會生什麼病。」

各人都苦笑——自然人人都知道，「後天免疫力喪失症」，簡稱「愛滋病」，那是全人類都在討論着的事。人類自稱萬物之靈，可是對這種小得要放大幾萬倍才能看見的，甚至在人類現階段的科學概念中，還不能被稱為生命的病毒，卻全然束手無策，只好滿懷恐懼地看着它們蔓延肆虐。

在沉默了片刻之後，有人低聲問：「這幾年，你在實驗室中，就是在研究這種病毒？」

很出乎許多人的意料之外，費力大搖其頭：「不，可是我一直在留意醫學界的信息，來自美國的研究結果——他們把這種病毒定名為HIV3，也弄清楚了它們如何進攻人體，它們的蛋白質外殼竟然可以不斷地變換性質，使人體的抗體受到迷惑，不會發出警報，因此，它們可以避過免疫系統的防禦及避過淋巴球，在人體所有防禦系統毫無察覺的情形之下，進入並匿藏在中樞神經系統內，喜歡什麼時候發作，就什麼時候發作。」

在費力才一開始提及「進攻陰謀」之際，大家還不是怎麼在意，可是這時，話題一轉到那麼可怕的病毒，人人都感到心頭有一股重壓。

有關這種病毒的常識，人人皆知，包括它的潛伏期可以長達十年，也包括它在潛伏期間是如何難以查察得出，自然也包括它的傳染性，防治它的藥物和疫苗，似乎永遠也無法發現。

又是一個時期的沉默，有人叫起來：「換個有趣一點的話題好不好？」

我趁機問：「費力，從實驗室中，培植出一種病毒，利用這種病毒殺人，是不是有可能的？」

他連半秒鐘也沒有考慮，回答是絕對的肯定：「太容易了。」

我連忙補充：「情形有點特別——這種病毒，有識別進攻目標的能力，譬如說，進攻的目標，是……意志力薄弱，或者是在劇烈競爭的社會中的失敗者……之類。」

我所說的已記載在《瘟神》這個故事中的那個「計劃」，在說的時候，仍然有不寒而慄之感。

費力還沒有回答，已有人叫：「天！衛斯理，你又想到了什麼？病毒除非有思想，否則不會知道誰是成功者，誰是失敗者。」

又有人叫：「再成功的人，也有被傷風病毒侵襲的機會，別胡思亂想了。」

費力冷笑：「衛斯理說的可不是傷風病毒，他作了一個假設，在理論上，當然是有可能。」

他望着我，顯然希望我有進一步的問題或假設提出來。可是我只是嘆了一口氣，因為那個經歷絕不會叫人有愉快的回憶，所以我不再去想它。

又有人問費力：「那麼，這幾年來，你究竟在研究什麼課題？」

費力回答得極認真：「可以算是生物工程……嗯，和細胞的遺傳密碼有關，嗯……我也在進修電腦，發現任何課題的科學研究，有了電腦的協助，都可以事半功倍。」

他的話，聽得大家都努力想了解，可是卻又實在無法了解，自然無法再問下去。

聚會繼續在各種閒談中進行——我們喜歡這一類的聚會，各位一定可以發現我記述的故事，有不少是從這種性質的聚會開始。

在散會之前，費力至少喝了七八杯酒，才來到我的面前問：「從剛才我說

的研究課題之中，你能推測得出我想達到什麼目的？」

我把他所說的想了一想，他提及生物工程學，提及細胞遺傳密碼，提及了電腦，只提到了這些，我無法推測他究竟想達到何種目的。

所以，我搖了搖頭，表示猜不出。

在那一剎那間，我留意到他露出了一種十分詭秘的神情，甚至有點鬼頭鬼腦，那和他原來的神情不相稱。

但是他那種神情，一瞬即逝，他笑了笑：「別說你猜不出，甚至連我自己也不能確定。」

他如果不說這句話，我對他研究的目的，一點也不會有興趣。像他那樣孜孜不倦地在研究，和其他人並沒有關係。可是他那樣說，分明是想掩飾什麼，不想讓我知道。

而且，他的伎倆如此拙劣，不免使我生氣，我含糊地回應了一聲，心中突然起了一個十分頑皮的念頭，我道：「是麼？連你自己也不能確定？說不定，什麼時候，我可以代你確定一下。」

費力怔了一怔，然後，打了一個「哈哈」，他顯然以為我在說笑話，但神情又有不可掩飾的緊張。那時，我想到的是，即使在尖端科學界，卑劣的行為一樣存在，如果是一項快有成果，或已有成果的研究，在未曾正式公開之前，一般來說，都會保守秘密，免得被人剽竊。費力的神秘兮兮，看來也止是為此。

所以，我也決定要和他開一個玩笑——我並不是一個喜歡惡作劇的人，自然只是和他開「無傷大雅的玩笑」，後來竟然會惹出那麼多事來，雖然不能全算是「意外事件」，但是在當時，也是無論如何想不到的。

聚會散了，回到家中，不算太晚，白素正在聽音樂，我在她身邊坐了下來，想起我和費力開玩笑，覺得十分有趣，自然大有笑意。白素橫了我一眼，口角向上，略揚了揚——我們之間，在很多情形下，已經到了不必使用語言的程度。她的手作個小動作，自然是在問我因何事發笑。

我先四面張望了一下：「良辰美景沒有來？能不能把她們找來？」

白素望向我，神情訝異。這一對孿生女，十分可愛，似也極佻皮，平時，我當然絕不會對她們的光臨表示不歡迎，可是卻也從來未曾主動邀請過她們。

我失笑了起來：「有一點事，想借助她們的絕頂輕功去進行。」

白素揚了揚眉，伸手在身邊的一具電話上，按了一個掣鈕，準備打電話。

我順口說了一句：「她們生性好動，未必會在家裏。」

我本來只是隨便說說的，可是白素卻瞪了我一眼，很快地按着數字，然後才道：「你真的很落伍。」

我先是一怔，但立時明白了白素的指摘，可是卻忍不住笑：「她們也帶着那麼笨重的手提無線電話？那真是不可想像至極——再也沒有比隨身帶着那種笨重的東西，更難看的了。」

白素還是重複着對我的指摘：「你真是太落伍了。」

她一面說，一面再按了掣鈕，把電話掛上了。

我又怔了一怔，就在這時，電話鈴響起，白素拿起電話來，笑着說：「衛叔叔有事找你們，快點來，我看一定是有趣的事。」

我在一邊，也聽到電話中傳來了一陣清脆悅耳的笑聲，白素放下了電話，用挑戰似的目光向我望來。我知道她是在問我：「你知道我和她們是怎樣取得聯絡的？」

我不經意的笑着，白素剛才按了一組號碼，立刻又掛上，自然已把訊號發了出去，而良辰美景的身上，有一具訊號接收器，接到了訊號，就知道是什麼人在找她們，這過程再簡單也沒有，三等城市中的三流腳色，身邊也都掛有這種訊號接收器了。

可是白素既然用這個問題來考我，答案自然不會那樣簡單。

我也立時發現，情形和普通的不同。普通電話是打到一個發射台去的，再由發射台發射訊號，而剛才白素只是直接撥了一個號碼，並未曾通過發射台。

當然手持無線電話，也可以通過直接撥號來聯絡，不過良辰美景自然未必肯隨身攜帶那麼笨重難看的東西。

只想了幾秒鐘，我就明白了，答案其實還是十分簡單：「她們從哪裏弄到了超小型的無線電話？」

白素笑了起來，伸手按在我的手背上，我知道我已作出了正確的回答，可是她接下來所說的話，卻使我莫名其妙。她道：「從戈壁沙漠那裏。」

我瞪大了眼，第一個想到的是，在戈壁沙漠，是不是有什麼人建立了先進的科學基地？還是有一艘來自外星的太空船降落了在那裏，所以能提供精巧、先進的科學基地設施？

我在等着白素作進一步的說明，可是白素又以那種挑戰性的眼光望向我，要我自己說出答案。

我一面想，一面問：「如果我沒有聽錯，你是說『戈壁沙漠』？」

白素點頭：「是——不過這其中有一個小小的狡獪。」她說着，淺笑了一下，可知這個「小小的狡獪」一定相當有趣。

我仍然不得要領，只好試探着問：「在戈壁沙漠，發生了什麼事？」

白素只是微笑不語，我再試探着問：「她們最近去過戈壁沙漠？小寶和胡說也去了？」

我前一陣子忙着另一件事，不在本地，在這期間，她們的行動如何，我不是十分了解，所以有此一問。

白素仍然微笑搖頭：「既然説明了有一點狡獪之處，那就不能循常軌去想。」

我「啊」了一聲：「是什麼事件，什麼組織，或是什麼……代號？」

白素仍然不置可否，從她的眼神中，我可以知道，我的推測，已相當接近事實了，於是，我又提出了幾個假設，可是白素的神情，卻沒有進一步的認可。

我焦躁起來：「猜不出了，揭曉吧！」

白素把答案説出來後，我幾乎氣得翻白了眼。

她道：「是兩個人，一個姓戈名壁，一個姓沙名漠。」

我的一句粗話，幾乎衝口而出，還好我算是有足夠自我控制力量的人，所以這話，只在喉嚨裹打了一個轉，發出了一下聽來怪異的「咕」的一聲，就嚥了回去。

白素又補充了一句：「很有趣的名字，是不是？」

我不免悻然：「有趣個屁！」

白素神態悠然：「也真有那麼巧，兩個人志趣相投，成了好友，專對各種時代尖端的科技產品有興趣，自己動手製造，獨一無二，據說，他們製造的個人飛行器，真能使人和鳥一樣在空中飛翔。」

我悶哼着：「真的飛到戈壁沙漠去，渴死他們——什麼名字不好取，人的名字愈來愈怪，良辰美景，是什麼名字，還有胡說，簡直胡說八道至極，說起來，還是小寶的名字正經些。」

一言未畢，陡然聽到門鈴聲大作。白素過去打開門，兩個紅影一閃就到了我的面前。兩張一模一樣看了叫人忍不住要去擰一下的美麗少女臉龐，離我不到三十公分，充滿了期望地望着我。

我連忙道：「先別歡喜，我要你們去做的事其實十分沒趣。」

這兩個小丫頭，對我倒是充滿了信心：「不會的，一定有趣之至，不然，殺雞焉用牛刀，怎會想到要我們這種絕頂高手出馬？」

聽她們的口氣，竟以為我要她們做的事，是我所做不到，而非要她們來做不可一樣。

大。」

我大搖其頭：「算了，就當作沒有這件事，免得你們期望愈高，失望愈大。」

良辰美景自然不依，吵得耳朵都快要震聾，自然無法聽出她們究竟提出了什麼抗議。白素笑吟吟地望着我，絕無加以援手的意圖。

我只好嘆了一聲：「事情真的不是很有趣，我說了，做不做在你們。」

於是，我把費力醫生的情形，說了一下——這才發現：「費力」也是一個怪名字。

然後，我道：「他愈是想隱瞞研究的課題，我愈是想把它找出來，再講給他聽，嚇他一跳，所以想到了你們。想請你們偷進他的研究室去，弄一點文件出來。」

我講到這裏，一眼看到白素在暗暗搖頭，那自然表示我的提議，當真是沒趣之至，而良辰美景這兩個可惡的傢伙，竟然不約而同一起大大打了一個呵欠。

我不免有點老羞成怒，「哼」了一聲：「沒有興趣就算，太過分了！」

良辰美景吐了吐舌頭，我又道：「下次別來找我要有趣的事。」

兩人急忙分辯：「這……這種事，的確沒趣……誰知道那醫生在研究什麼？」

我提高了聲音：「就是因為不知道，所以才叫你們去探索。」

我注意到了白素正在向她們兩人，大打眼色，兩人的態度，突然由於受到了白素的暗示而改變，可是也變得很勉強，一看就可以知道是裝出來的高興。一個道：「對，說不定，會有十分奇特的發現。」另一個道：「可不是，許多怪異莫名的事，開始都平平無奇。」

我覺得更加沒趣，顯得十分疲倦地揮了揮手：「好罷，隨便你們。」

反正我本來的目的，只是為了要和費力開一個小玩笑，開得成開不成，都沒有什麼大關係，她們若是不想做，我當然不會勉強。

可是良辰美景看到了我的冷淡，她們反倒委曲起來：「我們說了去，這就去，月黑風高，正好行事，那個倒霉蛋的研究所，在什麼地方？」

我怔了一怔，笑了起來：「說真的，我根本不知道，只好煩你們一起去查了出來。他的名字是費力，在醫學界相當出名，要查出他的研究所在哪兒，不會太費力。」

第二部

和鬼一起生活

良辰美景聽我故意拿費力的名字開玩笑，覺得十分有趣，哈哈笑着，互望了一眼，從她們的神情上，看出她們立刻有了一個頑皮的主意，可是她們並沒有說出來，只向我和白素一拱手，身形倏退，已到了門前，齊聲道：「一有結果，立刻來報。」

我連忙道：「且慢。」

對付她們，有時，言語所用的詞彙太現代化了，未必有用，「且慢」兩字，恰好用上，她們已打開了門，身形飄向外，又立時反閃了進來。兩雙大眼睛望定了我。一去一回，身形快絕，我看到她們的耳垂上，一左一右，各自掛着一隻式樣相當別緻的耳環，正在亂晃。

我道：「費力的研究課題，一定十分專門，你們看不懂，自然也記不住，要帶些工具去，我有——」

不等我講完，兩人已搶着道：「比起戈壁沙漠那裏，衛叔叔，你那些所謂工具，都像是石器時代的東西。」

我怒瞪着她們，兩人故意作其害怕之狀，可是絕不準備改口。

我悶哼一聲：「好，有微型攝影機可以將文件拍攝下來嗎？微小到什麼程度？」

兩人嘆了一聲，叫起來：「天，還用攝影機。」

我惱怒：「那用什麼？」

良辰道：「總有先進一點的吧，譬如說，圖文傳真機。」

我更怒：「你怎知道費力的地方，一定有圖文傳真機可以供你使用？」

美景道：「我們可以隨身攜帶。微型，無線電直接傳送，掃描端子一掃而過，在戈壁沙漠處的接收機中，文件就清清楚楚出來了。」

我向白素望去，心中在想，在她們口中，那叫作戈壁沙漠的兩個人的能耐，可能是被誇大的。

這種微型的無線電圖文傳真機應該還只是實驗室中的東西，所以我要在白素處求證一下。

白素向我微笑，同時點了點頭，肯定了戈壁沙漠確有其能，我也不禁大感感嘆，因為要得到白素的肯定，並不是太容易的事：「當是天下之大，能人輩出，什麼時候，倒要結識一下這兩個人。」

良辰美景一聽，雀躍向前：「好極了，他們不知多想認識你，提了好多次，我們都怕被你罵，連搭腔都不敢。」

我苦笑：「我哪有那麼兇！」

良辰指着美景，美景指着良辰，指的都是耳環：「這是他們設計製造的精密通訊儀，有着多種功能，譬如説，剛才白姐姐利用電話打了一個號碼，號碼是把訊號輸入他們住所的電腦，再自動傳向發射台，我們這裏就收到了訊號。」

我吸了一口氣：「每一個不同的人，有不同的通訊方式，例如溫寶裕是——」

兩人搶着回答：「三長兩短。」

「三長兩短」是訊號的一種方式，也是中國話中的一名俗語，不是很懷好意，她們當然是故意選定了這樣的訊號給溫寶裕用的，所以，一説了出來，就笑個不停。

我盯着她們耳下不斷搖晃的耳環，六角形不會比指甲更大，也很薄，微型電子儀器的體積可以小到這種程度，也真是很不容易了。

兩人又道：「如果我們的工作做得好，你就由我們介紹給他們認識。」

我又好氣又好笑：「我成了獎品。」

良辰美景一起叫：「誰叫你『隔着牆吹喇叭』——聲名在外，我們這就去進行。」

我那時，如果知道她們「這就去進行」是什麼意思的話，一定會提議她們明天早上再開始也不遲。

那只能算是一個小插曲，我也是直到若干時日之後，才知道當晚她們離開之後，做了些什麼。

那是後來有一次，已成為世界著名私家偵探的小郭，忽然向我提起，說的時候猶有餘悸：「真駭人，這世上奇才異能之士真多，若干天之前，半夜三更，我的一個職員在事務所當值，進來了兩個穿紅衣服的少女，行動快得和鬼魅一樣，逼着他要找一個……醫生的一切資料，那職員……一直以為遇到了鬼，嚇得發了三天燒，再也不敢當夜班了。」

我聽了自然苦笑，還不能表示什麼，只好道：「你那職員也未免膽子太小了。」

小郭的神情十分嚴肅：「不是他膽小，我的事務所中，到處都有閉路電視，也一直不斷進行錄像。事後，錄影帶放出來一看，那兩個少女站着不動的時候，明麗可人，兩個人一模一樣，可是一動時……絕無可能有人可以移動得如此之快的，她們是……」

我笑了笑，知道他接着想說什麼：「不，她們不是外星人，有機會介紹給你認識。」

小郭望了我半晌，才道：「你認識的怪人真多。」

我立時回答：「包括閣下在內。」

良辰美景在離開之後，就在小郭的偵探事務所中，取得了費力醫生的一切資料。

費力醫生的研究所，由一個世界性的研究基金作資金支持。這一類的基金，對於有資格的研究者，十分寬容，付出大量的金錢供研究，三年五載，沒有結果，絕不會有半分怨言，而且也絕少過問研究者如何花費金錢。

費力的研究所，甚至連建築物，都是基金支出建成，在一個海灣的邊上，十分優美清靜。

這些都是我在事後才知道的，具體一點說，是在那晚分手之後的第三天晚上。

那一天，從下午起，就顯得十分不正常。本來，秋高氣爽，氣候宜人，可是那天卻熱得反常，而且十分濕悶，所以，當下午三時左右，門鈴聲響，我聽到老蔡蒼老的聲音，在叱責來人時，心中在想：是老蔡愈老火氣愈大？還是這樣的天氣，令人脾氣暴躁？

隨着老蔡的呵責聲，是一個聽來有氣無力的聲音在哀求：「老蔡，看清楚，是我，我不是陌生人，我是衛斯理的老朋友。」

老蔡的聲音更大，可以想像，他在大聲叫嚷的時候，一定雙眼向上翻，不會仔細看看來人是誰的：「誰都說是熟人，我怎麼沒有見過你？」

我在迅速想：「聲音很熟，可是曾經過了什麼非常的打擊，所以聲音變了，那會是誰？難道是陳長青學道不成回來了？不，那不會是陳長青。」

我不想老蔡繼續得罪人，所以打開書房門，走向樓梯口，向下望去，首先看到的，是叫汗濕透了襯衣，貼在來人的背上，而就在一剎那間，我知道他是什麼人了，而且也感到意外至極。

我先喝止了老蔡：「老蔡，你怎麼連這位先生也不認識了？快請他進來。」

老蔡聽我一喝，才認真端詳了來人一下，也不能怪他老眼昏花，這時，來人也抬頭向我望來，在大約不到十公尺的距離，打了一個照面。我和他極熟。可是要不是剛才聽到了他的聲音，也不容易一下子認出他來——如果那是他刻意化妝的結果，自然不足為奇；這人的化妝術極精，有一次，在中國西北，秦始皇墓地之旁，他化妝成了當地的一個牧羊人，就幾乎把我瞞了過去。

如今，他絕不是化妝，而是由於不知道遭到了什麼事，以致連他的外形，也起了變化，他本來充滿自信的臉上，這時滿是驚怕和疑惑，像是世界末日已

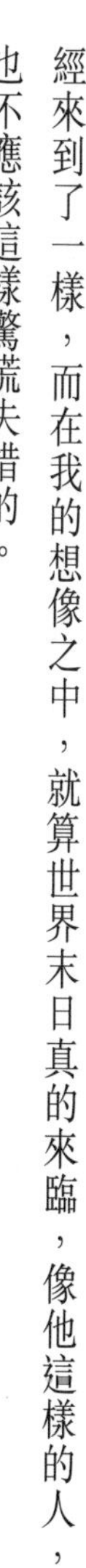

經來到了一樣，而在我的想像之中，就算世界末日真的來臨，像他這樣的人，也不應該這樣驚慌失措的。

這時，他看來完全失去了自制的能力，他的襯衣被汗濕透，看來也不單是由於天氣悶熱，而是由於內心的極度恐懼和虛怯，所以才會那樣冒汗。

而且，他那種大量出汗的情形，可能已持續了相當久，因為他的皮膚，尤其是臉上，呈現着嚴重缺水的情形，皺紋深而膚色灰敗。

這時，他抬頭向我望來，眼神無助之至。他伸手想推開老蔡向前走來。可是非但未把年老力衰的老蔡推開，他自己反倒一個踉蹌，幾乎跌倒，老蔡連忙伸手將他扶住，他就大口喘氣。

這種情形，我看在眼中，大是吃驚，連忙飛奔上前，一面叫：「齊白，發生了什麼事？」

是的，齊白，就是那個獨一無二的盜墓專家齊白，在我記述的故事中，出現過許多次的齊白。

相信在看了我對來人的描述之後，再聽我叫出了齊白這個名字，各位也一定大吃一驚了。要使齊白那樣堅強、勇敢、心思縝密、堅韌、具有高度科學現代知識的人，變成眼前這種樣子，一定有特殊至極的原因。

齊白最近一次在我故事中出現，是《密碼》這個故事，所以我立即想到，是不是那個故事中，那怪不可言的似人非人，似蛹非蛹的東西，已經發育成熟，變成了一個可怖莫名的妖孽怪物？

如果是這樣的話，也的確可以把他嚇成那樣子的。

可是，和這怪物有關的班登醫生，帶着那怪物到勒曼醫院去觀察它的成長了，如果有了變化，我們曾約定，他會盡快告訴我，而我至今沒有接到班登醫生的任何通知。

我一面飛快地想着，也來到了他的身邊，他一下子抓住我的手背，他的手心冒着汗，可是卻冰冷——可知他的情形，比我想像的還要嚴重，他張大了口，聲音嘶啞，可是出聲不成語句。我把他拉到沙發前，推他坐下，他竟然一直抓着我的手背不肯放，我只好叫老蔡快點拿酒來，偏偏老蔡行動又慢，我真擔心齊白會在那一段時間中，昏死過去，再也醒不過來。

齊白這樣闖進來的情形，以前也發生過，可是他本身的狀況如此之差，我卻是見所未見，就算是當年，他被一個大國的太空總署追殺，像土撥鼠一樣，躲在地洞中的時候，也不是現在這個樣子。

好不容易我從老蔡手裏，接過酒瓶，用牙咬開瓶塞（我的右手臂，一直被他緊緊抓着），把酒瓶湊向他的口，他總算知道張開口，可是當他喝酒時，酒卻一直流到了口外。

幾口酒下去，他整個人算是有了一絲生氣，居然懂得翻着眼向我望來，聲音一樣嘶啞，但總算可以説話了，他道：「我……見鬼了。」

我呆了一呆。

齊白是一個盜墓賊，根據「上得山多遇着虎」的原則，見鬼機會最多的，自然應該是盜墓人。

事實上，齊白經常在一些寬敞宏偉的古墓之中，流連忘返，不知道外面的是什麼世界。

以他這樣身分的人，見鬼了，似乎也沒有什麼了不起。本來我着實被他的樣子嚇了一跳，但這時知道他不過是見鬼而已，雖然看得出那隻鬼（一隻或是一群），令他並不好過，但也不算是什麼大不了的事。我有點嫌他大驚小怪，所以用力摔開了被他抓住的手臂，同時，語音之中，也不免大有譏諷之意：「哦，是什麼鬼？大頭鬼？水鬼、長腳鬼？青臉獠牙的男鬼，還是百般嬌媚的女鬼？」

齊白用那嘶啞的聲音叫：「我見鬼了，你知道嗎？我見鬼了。」

他並沒有怪我在諷刺他，只是又抓住了我的手臂搖着，力量不大，十分虛弱，重複說着他的遭遇，充滿了求助的眼神。我不忍心再去諷刺他，嘆了一聲：「看來，你遇到的鬼，沒給你什麼傷害。你現在的情形這樣差，多半是你的心理作用。」

這兩句話，倒對他起了一定的鎮定安慰作用。他接過酒瓶，又喝了幾口酒；才大大吁了一口氣，雙手捧住了頭，過了一會，才道：「我本來一直不相信有鬼，可是這次……唉，這次……我真的見鬼了。」

我等他再說下去。

他再深深吸了一口氣：「我不但見到了鬼，而且，還和鬼一起生活了三天。」

我皺起了眉：「請你再說一遍。」

齊白虛弱地重複：「我和鬼一起生活了三天。」

我大搖其頭：「鬼有什麼生活？人死了才變鬼，既不生，也不活。」

要是換了平時，齊白一定會因為我在這種情形之下，還在咬文嚼字而生氣，可是這時，他看來連生氣的精神都沒有。他只是改口：「好，就算是我和鬼……一起存在了三天。」

我心中仍充滿了疑惑：「照你現在的情形來看，你見到的鬼……你應該一見就逃才是，如何和他一起存在了三天之久？難道鬼有什麼力量，使你無法避開？」

齊白雙眼張得很大，眼神惘然，像是連他自己也不知道發生了什麼事，而且頻頻舔着唇。

我拿了一大杯水給他，他端起來。咯咯地喝着，再喝了幾口酒作為補充，這才用比較正常的聲音問：「能聽我從頭說起？」

我拍着他的肩頭：「當然，老朋友。當然。如果有什麼鬼，能把你嚇成那樣，我自然有興趣聽。」

齊白更正我的話：「我不是害怕，只是……感到無比的詭異。人對死亡那麼陌生，而鬼魂一直又是……虛無縹緲的，忽然有……一隻鬼，結結實實出現在你的面前，那感覺……怪到了不可思議……」

我早就承認靈魂的存在，也進行過不少工作，去搜尋和靈魂接觸的方法，有時成功，有時失敗。但的確如齊白所說，研究、探索靈魂是一回事，一隻「結結實實」的鬼在面前，又是另一回事。（「結結實實」，他用了多麼奇怪的形容詞。）

我也不由自主感到了一股寒意，齊白望着我，一副「現在你知道了吧」的神情。

我向他作了一個手勢，示意他說得具體一些。

齊白喘了幾口氣，才道：「是一隻老鬼……我的意思是，一隻古老的……

死了很多年……卻又活生生地出現在我的面前……」

他的遭遇一定令他震驚萬分，因為直到這時，他說話仍然斷斷續續，難以連貫，也使人聽來格外有一種怪異之感。

我也受了一定程度的感染，向他作了一個手勢：「慢慢說，從頭說起。」

齊白望着我，也不知道他在想些什麼，接着大口喝酒，又抿了嘴好一會，才道：「最近，我發現了一座十分奇特的古墓——」

一個故事，如果用這樣一句話來開始的話，應該是相當吸引人的，可是齊白如果要說一個故事，而用這樣一句話作開始，那卻一點吸引力也沒有。因為作為一個盜墓狂，要是每隔三五天，也不能進入一座新的墳墓，只怕比常人三五天不吃東西還嚴重——他會因此死亡。

所以，發現了一座古墓，對他來說，實在是再平常不過的事。

不過，也還有值得注意的地方，他說「十分奇特的古墓」。齊白「閱墓多矣」，能被他稱為「奇特」，當然不簡單。

所以，我並沒有表示意見，而且我也想到，他將要作出的敘述，一定驚人至極，因為他曾如此震慄。

他停了一停：「這古墓，顯然是墓主人生前就經營的，在經過了傳統的墓道、墓室之後，是相當寬敞的地下建築，幾乎完全比照地上的一幢宅子建成，連裏面的陳設，也和一幢舒適住宅所有的無異。當我進入的時候，家具都保存得極好，完全可以使用——」

他講得漸漸流利了起來，本來應該讓他說下去，不該打斷他的話頭，可是我卻無法忍得住最基本的疑問，所以我一揮手：「等一等，你說的那座古墓，是中是西在什麼地方？哪一個省？」

這些問題十分重要，可是齊白聽了，卻翻着眼：「那有什麼重要？」

我有點生氣：「當然重要，你說那座古墓十分奇特，有着地下住宅一切完善的陳設，那是現代北歐家具，還是古羅馬的大理石浴池。可以是日本式，也可以是中國式。」

齊白抿着嘴，看來在考慮是不是回答這個問題。

這令我更生氣，他帶着一條命，十成之中去了七八成的樣子來看我，宣稱

他和一隻鬼在一起過了三天，當然是要向我求助，可是這時，卻又吞吞吐吐，這的確叫人無可忍受。

我冷笑一聲，說話也就不客氣起來：「我知道盜墓賊大都鬼頭鬼腦，自己找到了一座古墓，就以為全世界的人，都會湧進那古墓去，所以一定要嚴守秘密，睡覺也最好把嘴縫起來，以免說夢話。」

齊白漲紅了臉：「你怎麼可以這樣……說我？」

我冷笑：「怎麼不可以？我知道，那墓離這裏多半不會太遠，不然，以你的精神狀態來看，你也根本支持不到我這裏，早已倒斃街頭了。」

齊白苦笑：「幹嗎生那麼大的氣？不是我支吾，是他不讓我說。」

我大聲問：「誰？」

齊白道：「他……那隻……鬼。」

我更大聲道：「任何鬼都曾經是人，任何人都有名字，就稱他的名字好了，那隻鬼的名字是什麼？」

齊白張大了口望着我，樣子像是白癡。他的這種反應，當真出乎我的意料之外，而他的這種神情，竟然維持了一分鐘之久，這真正在考驗我的忍耐程度——近年來，我涵養好了不知多少，要是換了以前，早就抓住他的頭髮，把他橫拖倒拽出去了。

過了一分鐘，他才搖了搖頭：「不能說，我答應了他不說的。」

我怒極反笑：「他是一隻鬼，照你說則是一隻老鬼，死了好多年了，是不是？多少年？」

齊白喃喃地道：「五百多年了。」

我一聲斷喝：「一個人死了五百多年，變成了鬼，還有什麼可保守秘密的？他為什麼不讓你說出他的名字？他還有什麼可怕的？你說這種鬼話來搪塞我，是想和那老鬼永遠作伴？」

齊白臉漲得血紅，可知他的心中也十分憤怒，不到半小時之前，他連站也站不穩，此時居然霍然起立，氣咻咻道：「衛斯理，你這人，你這人——就是不講理，什麼都自以為是，我為什麼要騙你，是他不讓我說，我指天發誓，是他不讓我說，而當時，他要我保守秘密，我也曾發誓答應他。」他那樣聲嘶力

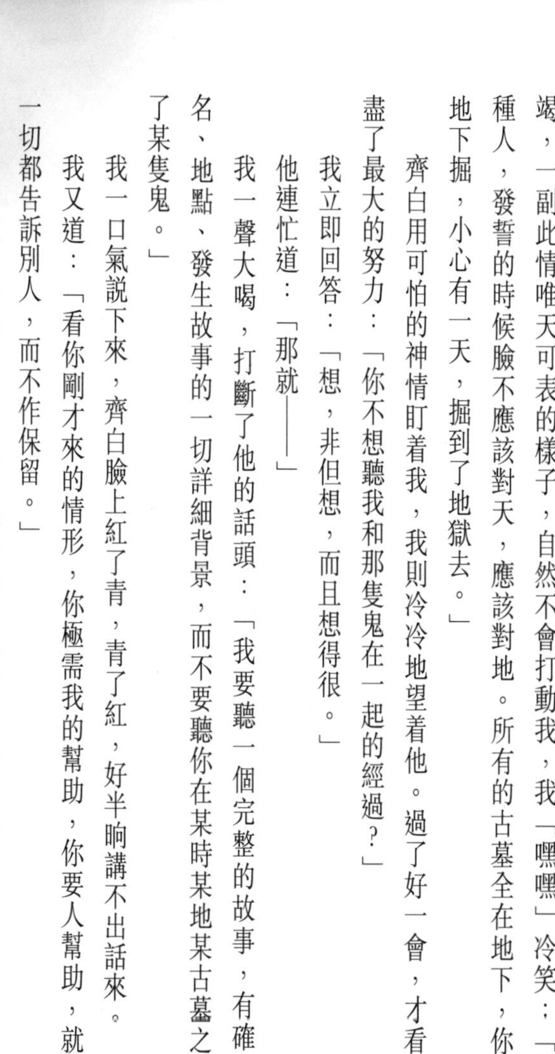

竭，一副此情唯天可表的樣子，自然不會打動我，我「嘿嘿」冷笑：「像你這種人，發誓的時候臉不應該對天，應該對地。所有的古墓全在地下，你整天向地下掘，小心有一天，掘到了地獄去。」

齊白用可怕的神情盯着我，我則冷冷地望着他。過了好一會，才看出他是盡了最大的努力：「你不想聽我和那隻鬼在一起的經過？」

我立即回答：「想，非但想，而且想得很。」

他連忙道：「那就──」

我一聲大喝，打斷了他的話頭：「我要聽一個完整的故事，有確切的人名、地點、發生故事的一切詳細背景，而不要聽你在某時某地某古墓之中遇見了某隻鬼。」

我一口氣說下來，齊白臉上紅了青，青了紅，好半晌講不出話來。

我又道：「看你剛才來的情形，你極需我的幫助，你要人幫助，就必須把一切都告訴別人，而不作保留。」

齊白嘆了一聲，坐下來，雙手托住了頭，一會才道：「你錯了，我的情形不好是由於遇到的事太詭異，我說過了，我不是害怕，我也不要你什麼幫助，事實上你也幫不了什麼。」

我給他氣得幾乎說不出話來：「那你來找我幹什麼？」

齊白一字一頓：「想來和你分享……奇異的遭遇，或許，如果他願意，你也可以有機會……和他見面。」

第三部

大抽屜裏的鼾聲

我心中苦笑，齊白的遭遇，他說的那一切，對我確實有着無比的吸引力；這傢伙，他知道我的弱點，知道他的話可以打動我。

可是我卻絕不能讓一步，因為我知道，若是聽一個半明不白的故事，聽得一肚子的疑問，那還不如乾脆不聽。乾脆不聽，疑問只有一個：那究竟是一個什麼故事呢？

所以我語氣冷淡：「對不起，我對於見鬼，沒有什麼興趣，留給你自己吧！」

齊白的神情十分為難：「他……十分想保守他的身分、行蹤的秘密——」

我再一次喝：「我不要聽這種鬼話，死了超過五百年的鬼，還保守啥秘密？誰還會對他有興趣？」

齊白倒真會替那隻鬼辯護，他竟然講出了這樣的話：「問題是，他在心理上，並不以為自己早已死了，早已變成了鬼。他認為自己還活着……還是在他的那個年代中，所以他的心中，十分害怕，我的突然出現，已經使他吃驚至極了。」

聽了這樣的話，要是不頭昏腦脹的，那可以算是超人，我離超人的程度遠極，所以聽了之後，沒有當場昏過去，已是難得之至。

我望着他，他也望着我，我「嘿」地一下乾笑，他趕緊陪着笑。我連笑了三下，他陪笑了三下，充滿希望地問：「你能諒解他這種心情？」

我要竭力忍着，才能使自己不大聲叫喊，而且，聲音聽來，居然平易近人：「對不起，不諒解。」

齊白嘆了一聲：「唉，你怎麼不明白？你應該明白的。」

齊白用十分殷切的目光望我，我把他剛才替鬼辯護的那幾句話想了一遍：「是，我明白了，那位鬼先生，生前一定在躲藏，逃避着什麼，所以雖變了鬼，仍然心理不正常，害怕行藏洩露。」

我的回答也算是荒誕絕倫的了，什麼叫「鬼的心理不正常」，這種話只怕在我之前，從來也沒有人使用過。

可是，齊白卻十分高興，用力在大腿上拍了一下：「對，你明白了。」

我瞪着他：「你應該對他作心理治療，告訴他，他現在是一隻鬼，要怕的是閻羅王的追拿，而又沒有什麼力量可以不讓閻王知道小鬼躲在何方。」

齊白十分懊惱：「開什麼玩笑？」

我站了起來，來回走了兩步：「你才是和我開玩笑，你不肯實話實說，那就請吧！」

齊白神色難看，我的神情自然也不會好看到哪裏去，齊白向門口走去，我估計他不會就此離去，因為我也實在想知道他的「遇鬼」的經過。

可是我估中了一半，估不中另一半。

估中的一半是，他到了門口，又轉回身來：「衛斯理，我的遭遇是一個極大的發現，甚至解開了歷史上的一個大謎團。」

我立時回答：「歷史上的謎團，大大小小，有八千九百多個，我不在乎。」

齊白苦笑：「其實最主要的是那種情形：一隻鬼在他的墓中……過了五百多年……還是結結實實的……鬼。」

我又搖了頭：「那也不稀罕，秦始皇陵墓之中，有超過三千年的活人。」

齊白神情很難過，看來他實在需要有人來分擔他那種有怪遭遇之後的詭異感——他獨自負擔不起那種怪異感覺的侵襲。

他的神情表現了他心中的矛盾。

可是，在考慮了一會之後，他還是道：「我沒有法子，就算我對天發誓，我……也可以違背諾言。可是，我是對一隻鬼發誓……那使我……不敢違誓，怕應了誓言。」

我冷笑：「你發了什麼誓？」

他不斷眨着眼：「我說，要是我洩漏了他的秘密，叫我這一輩子，再也踏不進任何古墓一步。」

我不禁長嘆一聲，對這樣的人，還有什麼好說的？剎那之間，我心灰意懶，連逐客令也懶得下，只是揮了揮手，示意他離去。

齊白看來還想說什麼，我卻已轉過身去。我才一轉身，就看到白素從樓梯上慢慢走了下來，她帶着微笑，道：「其實可以有辦法的。」

齊白忙道：「請說。」

白素道：「請齊白先生去和那隻鬼先生商量一下，把情形告訴他，或許那位鬼先生肯同意向少數人透露他的秘密？」

齊白很是高興：「對，對，我這就去進行。」

我悶哼着：「你什麼時候學會了招鬼的本事？」

齊白搖頭：「不必招，他根本在，一直在那古墓之中，我——」

他講到這裏，陡然住了口，像是講多一個字，他就會應了洩露秘密的誓言，從此再也不能進入任何古墓一樣。我再向他揮手，可是這時，白素的話提醒了他，就算我不趕，他也急於離去，去和那位「鬼先生」商量。他走得如此之急，幾乎一頭撞在門上。

我看着他離去，皺着眉，白素來到了我的身邊，她顯然知道我在轉什麼念頭，所以她道：「我看那個古墓至少在幾百哩之外，而且不知道在什麼荒山野嶺之中，要跟蹤他，不是易事。」

我被白素道穿了心事，不禁笑了起來：「這傢伙，鬼裏鬼氣，我無法想像什麼叫作『結結實實』的鬼。」

白素搖頭：「我想，他所說的鬼，只是他的想像，就像你一直在對鬼所下的定義一樣——某種力量，影響了他腦部的活動，使他看到了鬼，感到了鬼的存在，在他來說，甚至還可以碰到鬼，但實際上，鬼並不存在，只是一種力量。」

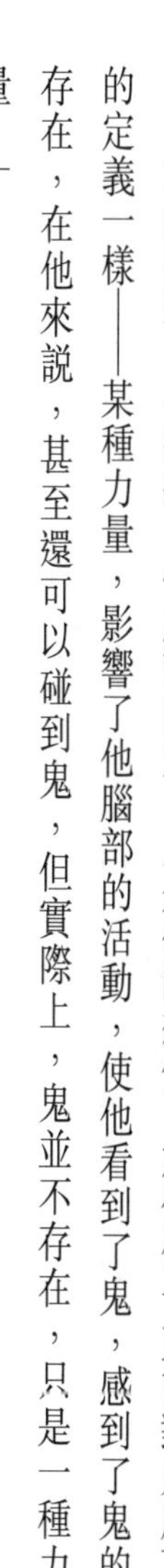

我點頭：「也有可能，出現在古墓中的，不是鬼，是一個人。」

白素道：「那就神秘得多了，一個活了五百多年的人？雖然也不是沒有可能。」

我搔了搔頭，齊白所說的一些零星片段，可以提供無窮的想像，我和白素繼續想像下去，想到了現在不知在什麼情形下過着神仙生活的賈玉珍，也想到了秦始皇墓中那些真正的古人；兩人都深覺生命的秘奧，從一個單細胞起，到生死大關，簡直每一個過程，都充滿了奧妙。

正在我們感嘆不已之際，良辰美景，一起走了進來。

自從我認識她們起，從來也未曾看過她們停止過笑容。我曾說，她們兩人多半連在睡着的時候，也是臉帶笑容的。可是這時，兩人卻鼓着腮——並不是生氣，而且沮喪，十分的不開心。

白素十分疼愛她們，一看到兩人的神情，就伸手握住了她們的手，一臉的關切。她還沒有問什麼，兩人同時伸手向我一指，同時一臉的委曲，眼中淚花亂轉，差點就要哭出聲來了。

她們什麼話也沒有説，可是這樣情景，分明是在説我做了什麼，令她們傷心。白素也立時向我望着，大有責怪的神色。

這真是冤枉至極，自從那天要她們去費力醫生那裏做點事之後，根本未曾見過她們。

我只覺得好笑：「怎麼啦，什麼地方得罪了兩位小姐？」

良辰美景一扁嘴，還有眼淚落了下來。這一來，我也不免有點緊張。這兩個小丫頭，竟然會傷心到落淚，事情一定非同小可。

我性急，連忙道：「不管什麼事，快説。」

兩人的淚眼瞪了我一下，卻一起轉向白素：「衛叔叔欺負我們。」

我幾乎直跳了起來，白素已經道：「只管説，我主持公道。」

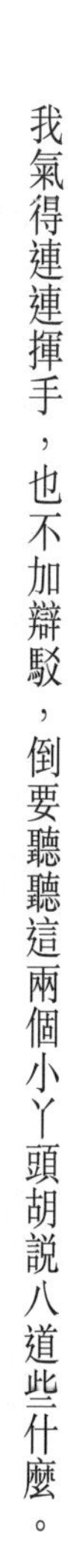

我氣得連連揮手，也不加辯駁，倒要聽聽這兩個小丫頭胡說八道些什麼。

（以下的話，是她們兩人，每人說半句聯結起來的。她們心意互通，說得很快，所以就算是她們兩人一起說的，記述起來也比較方便。）

兩人的聲音，仍是充滿了委曲：「衛叔叔安排了一個人在那研究所取笑我們。我們……又沒有做錯什麼，事實上，我們每一個人來到世上，都不是由自己作主的，為什麼要拿我們來取笑？」

兩人口齒伶俐，語音清楚，這一番話，我每一個字都聽得明明白白，可是整段話是什麼意思，我卻一點也不懂。

我忍不住一頓足：「說明白一點，亂七八糟，沒頭沒腦的，究竟在說什麼？」

兩人給我一喝，向白素的身上靠了靠——這就有點可惡了，就算我想出手打她們，以她們的本領，也足可以避得開，何必那樣子？所以我的臉色，自然也益發難看。

白素冷靜地道：「別嚇小孩子，她們的話，其實也很容易明白，她們說你和費醫生串通了，安排了一個人在研究所，等她們去到後，就拿她們取笑。」

我用力揮着手：「胡鬧至極，而且，她們有什麼可以被人取笑的？又和每一個人到世上來，都不是自願的，有什麼關係？」

白素的聲音仍然平靜：「我猜，是有人取笑了她們的身世。」

我怔了一怔，而良辰美景則已淚珠兒滾滾而下，顯然白素猜中了。

我更是大疑，良辰美景的身世，連我也只是約略猜到了一些，不是十分肯定她們兩人的來歷，十分奇特，她們的祖先在幾百年前，肯定曾參加過一場驚天動地的造反行動，後來失敗了，幾個首腦人物，就遠遁海外，且從此過了幾百年自我禁閉的生活，一直到最近，才算是重回了人間。

（良辰美景奇特的來歷，記述在《廢墟》這個故事中。）

連我也不知道她們的身世，如何可以串通了別人去奚落她們？

而且，那場大造反，好評壞評各佔一半，就算有人拿出來說，她們也不應該認為那是遭到取笑，又何至於哭得如此傷心？

我迅速轉着念頭，也無法分辯，良辰美景一面哭，一面道：「其實，我們的身世，也不是什麼秘密，幾百年前的事了，和誰都沒有關係，我們傷心的是……是……」

她們又同時抽噎了幾下，才道：「我們傷心的是，再也沒有想到，我們最尊敬、最崇拜的衛叔叔，竟然會這樣捉弄我們。」

原來她們傷心是為了這個原因，我又是感動，又是生氣，又是好笑，不過我明知那是誤會，所以並不緊張，只是長嘆了一聲：「天要下大雪了。」

良辰美景睜眼望着我，對我那突如其來的一句話，顯然不明所以。

白素笑了起來：「分明他是冤枉的，竇娥蒙冤，六月下雪，你們看看是不是夠凄涼？」

良辰美景臉頰上的淚痕猶在，可是一聽得白素那樣說，卻又忍不住「咯咯」笑起來，才笑了兩聲，又想再板起臉來裝生氣，可是卻也裝不成了。

我攤了攤手：「你們究竟遇到了什麼？我連費力醫生的研究所在哪裏都不知道。」

良辰美景互望了一眼，這才說出，費力醫生的研究所是在一個海灣的附近。

研究所是由一個基金資助興建的，六層高，最高那一層是費力的住所，下面兩層全是研究室和辦公室，面對海灣，清靜而又景色怡人。

良辰美景那天半夜，把小郭偵探事務所中的那個值班職員嚇了個半死之後，得到的資料不算多，但總算知道了研究所的所在地。

她們第一次受我所託去做事，而我又是她們心目中最尊敬最崇拜的人（直到她們帶着淚說出來，我才知道自己在她們心目中的地位），所以，她們十分起勁，深夜駕着跑車，先去找戈壁沙漠，向他們要了一部小型的圖文傳真機，只有一個普通鬧鐘大小，可以和任何電話系統配合使用。那時，已經是凌晨二時了，她們仍然決定「夜探」，把車子開得飛快。在郊外公路上，最使她們雀躍不已的，是遇上了十來輛正在私下進行賽車的車子，賽車的全是不倫不類的小伙子，看到了她們，還想捉弄她們，結果自然慘不堪言，甚至有五輛車子要進廠大修，十來個人只怕沒有一個不受點傷。

所以，當她們趕到海灣，看到費力醫生的研究所時，已經將近天明了。

她們把車子停在山邊，有一條山路通向研究所，山路口就有鐵門攔着。

鐵門雖然高大，當然攔不住她們。她們一掠而過，在接近建築物時，還有一道圍牆，保安設備相當好，她們預期會遇到狗隻，可是卻沒有。

越過圍牆之後，已可以面對海灣，四周圍靜得出奇，除了有韻律的海濤拍岸聲之外，沒有別的聲音。整幢建築物也是黑沉沉的。她們走近去，發現建築物的面積相當大，前後左右都有門（繞建築物一周，大約二百公尺，對她們來說，只是一掠而過而已），她們試了試四道門都鎖着。

打開相當複雜的鎖，並不是她們的專長，所以她們並沒有多花時間去弄開門，而是縱身從外牆迅捷地攀上了二樓，隨便揀了一扇窗，把耳朵貼上去聽了聽，一點聲響也聽不到，就小心把玻璃拍破，伸手進去，打開了窗子，擠身進去。

她們兩個人，還有一個十分特殊的本領：她們在一個幾乎密不透風、終年黑暗的古怪屋子中長大，眼睛特別適應黑暗（和她們一起在那幢怪屋子中長大的那伙人，都有同樣的本領）。

所以，為了小心起見，她們也從戈壁沙漠那裏，借來了紅外線眼鏡，可是並沒用上，都可以看清楚房間中的情形。

毫無疑問，那是一間實驗室，在相當大的房間正中，是一張長大的桌子，桌子上有着許多架子，放着各種各樣的儀器和形狀大小不同的瓶子。

這時，兩人的心情十分興奮，心中都在想：真妙！偷進了一間實驗室，就像是在小說或電影中看到的實驗室一樣，一定可以有新奇的趣事發生。

當然，她們並沒有忘記此行的任務，因此立即注意到靠牆的一排櫃子。

櫃子是金屬鑄的，齊天花板高，一個一個櫃門，看來倒有點像火車站中的貯物箱。

要是有什麼有關實驗的文件，那當然應該放在這種結實的櫃子中，所以，她們一起來到了櫃子前。她們是同卵雙生女，這樣的雙生女，有着極其高妙的心意相通的現象，所以，在很多情形之下，她們的行動完全一致。這時，她們一起抓住了其中一個櫃門的門柄（全然是隨便順手，而沒有經過任何選擇），向外拉了一拉。

她們在這樣做的時候，並沒有期望可以把櫃門一下拉開來，反倒是心中在想：要打開那麼多櫃門，相當費事，看來還得再來一次，到戈壁沙漠那裏，弄幾柄百合鑰匙來才行。

可是，正當她們那樣想的時候，櫃門卻被拉動了，而且出乎意料之外，打開的並不是櫃門，而是一個十分大的抽屜，被她們一下子拉開了一公尺左右，看那櫃子的厚度，那抽屜的長度至少超過兩公尺。

（當她們兩人詳細形容那櫃子、抽屜的時候，我和白素互望了一眼，我們心中都想到，這樣的「抽屜」，倒像過公眾殮房中的藏屍格。）

那時，良辰美景也想到了這一點，雖然她們膽子大，不會害怕，但心裏還是不免有點發毛，而更令到她們駭然，倏忽之間，身形一閃，疾退了開去，雙雙貼牆站定，手握着手，連氣也不敢呼出的是，那抽屜一被拉開，就有一陣十分響亮，乍一聽，怪異至極的聲響，自抽屜中傳了出來。

她們的行動十分快，一拉開抽屜聽到有聲響，立時後退，所以，竟未曾看清楚抽屜裏面的情形。

她們被那陣聲響嚇退時，還未曾聽清楚那是什麼聲音，等到退到了牆前（牆上掛着許多大幅的圖表），已經聽明白了那是什麼聲音，可是這一來，她們的心中，更加莫名。

那竟是一陣鼾聲，其響如雷的鼻鼾聲。

除了人之外，她們想不出還有什麼別的動物會發出鼾聲，既然在那大抽屜中，有鼾聲傳出，那毫無疑問，是有人睡在裏面。

她們在一拉出大抽屜時，已有殮房的藏屍格的感覺，若是弄清楚裏面躺着一個死人，那倒反而不會覺得奇怪，因為這裏是醫生的研究所，醫學本來就是研究人體的學問。

可是，如今，在抽屜中發出鼾聲的，當然不會是死人。一個活人，在那麼大的建築物之中，哪裏不好睡卻睡在鐵鑄的大抽屜中，而且還睡得如此之沉，那豈非怪異莫名？

她們在一開始，確然感到駭異，可是一個轉念間，她們就感到，自己是被戲弄了，那個人一定是安排在那裏，等她們來，嚇她們的。那是一個不大不小

的惡作劇，一個開她們玩笑的「陷阱」，說不定，立刻就會燈火大明，許多人湧進房來，看她們的窘態。

她們也想到，佈下這個陷阱的，可能是胡說和溫寶裕，而我則是幫兇。

這時，她們已經感到了無比的委曲，覺得被戲弄了，覺得我無論如何不應該參加戲弄她們的行列。她們心中有了成見，再遇上後來發生的一些事，才使她們氣得忍不住哭了起來。

第四部

李自成、李岩和紅娘子

當時她們生氣，忍不住各自頓了一下腳——發出了極其輕微的聲響，卻令在抽屜中的那人，鼾聲陡止，而且，立即坐了起來，在黑暗中看來，情景又變得十分怪異，令人駭然。

那人上半身坐了起來，下半身還在抽屜中（抽屜只被拉開了一半），而他一坐起之後，自然是背對着良辰美景——他躺着的時候，頭向外，良辰美景雖然有黑暗中視物的本領，但也無法看到他的臉，只看到他伸手在自己的臉上一抹，用悶雷似的聲音，大聲喝問了一句話。

那句話沒頭沒腦，又是在這樣的情形下，她們根本不會聽得明白。可是，那人所用的語言，卻是良辰美景再也熟悉不過的一種陝西方言，那是她們一學會說話就在使用的母語，所以她們一下子就聽懂了，那人在喝問的是：「有什麼緊急軍情？」

剎那之間，她們又是吃驚，又是惱怒，心中想到的更只是一定已經跌進了一個惡作劇的陷阱中去了——這種陝西土腔，決不是半途出家的人所能學得會，一定是土生土長的人才會說，而那人突然出現，自然是特意找來，開她的

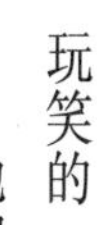

玩笑的。

她們一心以為如此，所以也沒有去細想一下，那人喝問的那句話是如何沒有來由，兩人齊聲怒道：「沒什麼軍情，只是有人要砍你的腦袋。」

良辰美景說的話，也不是很現代，那自然和她們成長的環境有關，她們也自然而然，用上了那種陝西土腔。

（卻想不到這一來，真正合上了「陰差陽錯」這句話，到後來才明白。）

那人一聽，身子陡挺了一挺，想是急於起來，可是他下半身還在抽屜中，一時間出不來，反倒把抽屜碰撞得砰砰亂響，那人的氣力相當大，也撞得櫃子亂晃。

這種情形本來極其詭異。良辰美景雖然膽大，但畢竟是少女，也應該感到害怕，可是她們一心認定是遭人戲弄，生氣還生不過來，也就自然忘了害怕。兩人都已決定，要給那人吃點苦頭再說，所以她們鼓着腮，雙手叉着腰，等候適當的時機來發作。

奇怪的是，那人坐着，看來身形也很高大，看他想離開抽屜時的動作，氣力也極大，可是他掙扎了一會，除了發出一陣聲響之外，他竟未能離開抽屜。而他也放棄了掙扎，一面發出了一陣震耳欲聾的笑聲，一面用手大力拍打着自己的頭：「要砍我腦袋的人太多了，有本事的，只管來砍。」他一面說，一面扭過上半身，循聲向良辰美景看來。兩個直到這時，才和他正面相對，一照面之下，良辰美景也不禁有點吃驚。

她們雖然能適應黑暗的環境，但是在黑暗中看東西，當然沒有光天化日之下看得清楚，人的相貌，她們還是看不很清楚。而令到她們吃驚的，是那人有一種神威凜凜的氣勢和神態，都十分難以捉摸，有時，甚至不必看到，都可以感覺得出來。良辰美景當時心中就想：這個人有那樣的氣勢，也會給人利用來捉弄自己，當真是怪事。這樣的氣勢的人，一般來說，決不會是普通人，一定是大人物。這一點，自那大漢一雙在黑暗之中看來，也炯炯有神的眼睛中，更可以得到證明。

她們吃驚，那大漢一見到了她們，也是陡地一震，看得出剎那之間，他露出了驚訝至極的神情，眼中更是異光大盛，聲音乾澀無比，他說的話，良辰美

景當時還不是很聽得明白：「怎麼多了一個出來。嘿，從來沒有人知道你有姐妹。」

這大漢的話，其實不難明白，他像是認識良辰美景中的一個，所以才這樣講。

良辰美景立時互望了一眼，她們不必說話，就知道自己決不認識這個大漢。

而接下來，那大漢的言行更怪。他長嘆一聲，神情十分苦痛地搖了搖頭，嘆息聲中，更充滿了無可奈何的悲痛，大有英雄末路的蒼涼之感。

接着他道：「一個也好，兩個也好，來吧，我等你很久了。」他伸手在自己脖子上用力一拍：「這顆腦袋，合該由你來砍。」

良辰美景面面相覷，剛才她們脫口說了一句「有人要砍你的腦袋」，那自然只是一句晦氣話，可是她們信口胡說，聽的人竟當真了，這真是從哪裏說起！

一時之間，她們卻不知如何才好，而那大漢說完之後，緊閉着眼睛，一副引頸就戮的痛苦神情，更看得良辰美景啼笑皆非。

這樣子約莫僵持了半分鐘，那大漢才又長嘆了一聲：「怎麼還不下手，昔日交情，早已一筆勾銷，你替夫報仇，天公地道。」

良辰美景聽了，心中更是一疊聲叫苦，那大漢説得如此認真，她們這時，又想到費力醫生研究的，原來是精神病。這大漢一定是瘋子，只有瘋子才會這樣胡言亂語。

像那樣的大抽屜，至少有一百個，若是每個抽屜中都躺着一個瘋子，而那麼多瘋子全都走了出來胡言亂語，雖然不怕，也夠麻煩的了。

兩人想到這裏，更是啼笑不得，齊聲道：「你亂七八糟在胡説什麼？」

那大漢發出了兩下十分無可奈何，聽來很悲壯的笑聲：「是，我是在胡説，哈哈，天公地道，我什麼時候講過天地、公道這種話來？」

良辰美景沒好氣：「誰理會你説過什麼？」

她們這樣説的時候，又互望了一眼，她們的心思自然是一樣的，那大漢看來離不開抽屜——這種情形，十分怪異。但如果那大漢是瘋子，精神病患者常

被束縛、拘禁那就十分平常。

這時她們想到的是，那瘋子不知還會説出什麼話來（連「代夫報仇」這種話都説出來了），不如把抽屜推回去，讓他繼續打鼾的好。

兩人心意一致，齊聲喝：「你躺下。」

那大漢震動了一下，倒也聽話，果然直挺挺地躺了下來，可是雙眼仍然睜得老大。良辰美景正想掠過去把抽屜推回去，忽然那大漢長嘆一聲：「你再也想不到，有一件事，我好後悔，那是我一生之中唯一的後悔事。」

良辰美景又互望一眼，她們少女心情，有時雖然佻皮些，但總是十分善良，那大漢講這兩句話的時候，聲調沉痛無比，那使她們大生同情之心，不忍心去打斷他的話頭，心中想：讓他把他後悔的那件事説出來，他心裏可能會好過一些。

所以，她們站在原地不動。

那大漢又乾笑了幾聲：「我好後悔殺了李兄弟。」

這句話在別人聽來，全然莫名其妙，至多只當那大漢曾殺了一個人，現在在後悔而已。可是聽在良辰美景的耳中，兩人卻大受震動。

（良辰美景受震動的原因，和她們的身世有關。）

（她們的身世，神秘至極，在《廢墟》這個故事之中，曾記述過，但她們和一大群隱秘地活了幾百年的人，卻沒有詳說，我也一直都是估計，不能肯定。）

（直到這時，我才可以肯定。）

（她們在上代，幾百年前，都是歷史上相當有名的人物，其人其事曾在許多小說、戲劇中出現過，大家都耳熟能詳，看下去很容易明白。）

（良辰美景感到受了大大的委曲，感到一切都是由我來安排，令她們難堪，但也是因為一切都太湊巧了，陰差陽錯的巧合，竟然可以到此地步，等到整件事真相大白時，所有的有關人等，莫不嘖嘖稱奇，感到幾乎難以置信。）

（但世上真是有巧合的。）

（這個故事就是。）

良辰美景當時又驚又怒：「李兄弟？哪個李兄弟？你是誰？你說的是什麼

事？」

她們急急發問，語調自然又急促，又充滿了疑惑，那大漢聽了，反應十分強烈，陡然又坐了起來，他一坐起，自然仍是背對着良辰美景的，他的聲音也滿是疑惑，大聲道：「紅娘子，你要殺就殺，我決不還手。」

（那大漢的口，叫出了「紅娘子」這個名字來。）

（當我第一次見到良辰美景，看到她們一身鮮紅——她們只穿鮮紅色——而身手又那麼靈巧時，我也自然而然想到了紅娘子，想到她們是紅娘子的後代。）

（想到了紅娘子，自然也想到了紅娘子的丈夫李岩。）

（李岩為誰所殺，歷史上有明文記載，這大漢自稱他好後悔殺了「李兄弟」，他把他自己作什麼人了？）

（他把他自己當成了李自成。）

良辰美景在那剎那間，只覺得事情完全是針對她們而設的，引她們來上當，而多少年來，那一群退到了海外的，當年曾在歷史上轟轟烈烈有過一番風光身世的人，都成了極大的隱秘，他們之間有一個極嚴格的規定：永不洩秘。

而這個玩笑（她們認為是），卻觸及了她們最不想知道的身世隱秘，雖然那已是幾百年前的事，可是她們絕不想人提起——我十分明白她們的這種心理，所以從來也沒有問過她們，免得她們不高興。

而這時，她們居然老遠地趕了來，聽那個大漢講這樣的胡言亂語。

她們再也忍不住，一起尖叫起來：「太過分了！這太過分了！」

她們叫着，那在抽屜中的大漢，扭過身來，以極怪異的神情望着她們。而這時，外面也傳來了聲響，良辰美景一面向窗口掠去，一面還把實驗桌上的東西，隨手破壞了一批。

她們奔回自己的車子，仍然生氣，把車子開得飛快，回來之後，愈想愈覺得被戲弄，所以才決定向白素告狀，數落我的不是。

良辰美景把夜探費力研究所的經過講完，我和白素互望，心中的疑惑，至於極點。

一時之間，我不知說什麼才好。白素先開口，指着我：「他這個人雖然行

事沒有什麼規律，但是這種無聊事，他決不會做。」

良辰美景一起向我發出道歉的笑容：「對不起，衛叔叔，我們因為事出突然，一時之間想歪了……可是，那究竟是怎麼一回事？」

我就是因為在想「究竟是怎麼一回事」，想得思緒紊亂之極，她的問題，我自然沒法子答得上來，白素的一句話提醒了我：「先研究費力醫生有沒有可能知道良辰美景要去他那兒。」

我想了想：「唯一的可能，是她們到小郭的偵探所查費力醫生資料一事，洩露了出去。」

但是我隨即又否定了：「也不可能，那至多使費力知道有人在調查他，注意他，決無可能知道良辰美景會去，也絕無可能知道她們的來歷，而安排一個人假冒李自成去戲弄她們。」

白素同意了我的分析：「是，絕無可能，那個假冒……的人，一定是本來就在那裏的，而且也不能說是假冒的，他……」

白素遲疑了一下，良辰美景已駭然叫了起來：「總不會是真的吧。」

白素苦笑了一下——奇怪的是，那個「李自成」當然不能是真的，但白素居然想了一想才回答，而且語氣也很模糊：「不會……是真的。」

我忍不住嚷了起來：「什麼不會是真的，當然絕無可能是真的。那是一個瘋子，瘋子常以為自己是歷史名人，有的自以為是漢高祖，也有人自以為是拿破侖，而這一個恰好自以為是李自成，又湊巧見了穿紅衣服的女孩，黑暗中看不真切，以為是紅娘子找他報殺夫之仇來了。」

良辰美景苦笑：「哪有那麼巧的？」

我攤了攤手：「請問是不是有別的假設？」

白素沉聲道：「我看這一切，都得問費力醫生本人，才會有答案。」

我聽了之後，默默不語。費力那種鬼頭鬼腦的神情，我記憶猶新。本來，我準備把他研究的課題弄明白，再在他面前說出來，讓他嚇一跳的，現在，倒轉頭來，還要去問他更多的問題，我可不願意。

白素自然一下子就看穿了我的心意，笑了一下：「那麼就只好要大名鼎鼎、神通廣大的衛斯理親自出馬了。」

我一挺胸：「出馬就出馬。」

白素扭着嘴：「不過，給良辰美景她們一鬧，費力醫生一定知道有人侵入過，只怕會加強保安，要是被他當場拿獲，那就難看得很。」

我向白素一瞪眼：「好，那我們就一起去。」

白素、良辰美景三人一起笑，白素道：「照我的辦法，直截了當去問他。」

我用力一揮手：「各人有各人的辦法，這些年來，什麼樣的場面沒見過，還不是好好的。別說一個瘋子把自己當李自成，就算再有幾十個，各把自己當作歷代帝皇將相，那又怎樣？」

良辰美景有點吃驚：「真……會有那樣的情形？」

我道：「你們不是說，在那實驗室中，那樣的大抽屜，有好幾十個嗎？」

良辰美景咕噥着：「我們只拉開了一個，不知道別的抽屜中是不是也有人。」

我一句話快要衝口而出，可是白素真有先見之明，立刻知道我要說什麼，她一揮手，手在我前拂過，把我那句話逼了回去。

我想說的是「說不定再拉開幾個抽屜，你們真正的老祖宗李岩、紅娘子全會跳出來；躲在一邊，倒可以看看真正的歷史重演。」

白素不讓我把這幾句話說出來，自然是怕良辰美景不高興。兩個小姑娘又哭又笑，情緒不是很穩定，白素的做法很對。

我想了一想：「是明也好，暗也好，我總要去一次，看看這位大醫生在鬧什麼鬼。」

我無意中說了一句「鬧什麼鬼」，良辰美景卻十分緊張：「會不會……真……是鬼？」

我立時又想起了倉皇失措，舉止失常，跑來找我，說和一隻老鬼在一起存在了三天的齊白，大喝一聲：「哪來那麼多鬼。」

這時，天色已黑，我伸了一個懶腰，要良辰美景留下費力研究所的地址，準備了一下，胡亂吃了點東西。

良辰美良在猶豫着是不是要跟去，但給我一口拒絕：「又不是什麼大事，

要那麼多人參加幹什麼？」

良辰美景咕噥着：「小心你拉開抽屜，跳出一個人來，自稱是漢朝的大將軍衛青，那才真是你老祖了。」

我乾笑幾聲：「十分好笑。」

白素一直只是笑吟吟地看我們拌嘴，一副超然物外，優游自在的神態。

我向她們揮了揮手，又向白素道：「齊白要是來了，要他等一等我。」

良辰美景是見過齊白的，而且還曾得到過齊白的禮物——兩塊一模一樣的白玉，所以對齊白十分有好感，立即問了一連串問題。我把她們的問題全擋了回去：「他很好，最近才和一隻古代老鬼，在一座古墓之中，一起存在了三天。」

良辰美景一起眨着眼睛，竭力在設想，那是什麼樣的事情，可是怎麼也設想不出，只好作罷。我看看時間還早，離家之後，也不急於趕路，沒有特別提高車速。

等我看到了費力醫生的研究所時，時間是十時，建築物二樓的一角，有燈光射出來。

房子所在十分偏僻，附近都沒有別的屋子，良辰美景曾說她們進了二樓，就是實驗室，那有可能費力醫生還在工作。

我想了一會，把車子駛進了一個雜木林停好，再接近屋子。我不準備攀牆，大門鎖着，我弄開了鎖，閃身子進去，底層一進去，就是一個穿堂，再向內去是走廊，走廊的兩旁，全是房間。

我仔細聽了聽，整幢屋子中，一點聲音也沒有，靜得出奇。在那種極度的安靜之中，彷彿透着幾絲怪異，可是又全然說不上來是為了什麼。

我吸了一口氣，開始行動，先來到了走廊，去推右手邊第一扇門，門並沒有鎖，應手而開，光線極黑暗。

門打開之後，幾乎什麼也看不到，我停了片刻，才用小電筒去照射。

一看之下，我不禁暗暗稱奇。那房間十分大，而且一看就知道那是一間電腦室，陳列着的電腦設備，不能算是巨型，但也遠遠超過了一個個人實驗室的需要了，估計這樣設備的電腦裝置，足夠一座大規模的發電廠所用了。

費力醫生沒有提及過他的研究工作要這樣大型的電腦來作輔助嗎？記憶之中，好像並沒有。

這間電腦室中雖然沒有人，可是有一些機件，正在轉動、操作，那可能是在工作的費力，正在使用電腦——這種裝備十分先進，不一定要身在電腦室中，才能操縱它。我也注意到其中有三個終端熒光屏上，不斷有文字在顯示着。

走近去看了看，熒光屏顯示的，除了文字之外，還有圖形，那是細胞染色體的結構，文字說明，也有染色體的字樣。

這一點，費力倒是說過的，他說他的工作，和細胞、遺傳、生物化學工作，很有關係——不知道為什麼，當我一想到一個出色的醫生，在埋頭研究生命的奧秘時，總會有一種不自在的感覺。是不是我的潛意識中，認為生命的奧秘決不應該由人的力量來干涉？

像在勒曼醫院的那幾個醫生，他們可以說創造了生命的奇蹟，但是卻也那麼不合乎自然，到了幾乎使人不能接受的地步——他們自己也顯然知道這一點，所以他們的行動才如此隱密，絕不敢公開。

費力想要達到的目的是什麼？如果他想研究無性繁殖，想在實驗室中，培殖出複製人來，那我就會叫他不必再努力了，人家勒曼醫院早已研究成功，據說，不但培殖一個複製人，至多只要一百天就可以使複製人充分發育成長，而且還可以十倍以上，延遲複製人細胞的衰老周期，使人的身體不但可以存活更久，皮膚可以細膩滑嫩如十幾歲的少女。

（那合乎自然嗎？）

我思緒起伏，胡思亂想，離開了電腦室，又向前走，推開了另一扇門，同樣大小的一間房間，正中是一具電子顯微鏡。

我又呆了半晌，心忖，費力獲得的研究費，每年至少以千萬美元計，不然，他怎能購置這麼昂貴精密的儀器？像那具電子顯微鏡，我至今為止，也不過第三次看到它——前兩次，都在規模十分龐大，有上百人參加的研究中心。

我又呆了片刻，才退了出來。

在底層，一共有八間房間，除了電腦室、顯微鏡室之外，還有一間堆着雜

物，一間放置着許多標本，還有一間，一進去時，以為放的全是現代派的雕塑，看清楚才知道是放大了許多倍的各種細胞的模型。

有一間最令人感到有趣又吃驚，房間正中放着一副足有兩公尺高的人腦模型，在電筒照射之下，看來相當怪異。

還有兩間都是醫學實驗室，有着一般的實驗器材和設備，沒有什麼特別。

走廊的盡頭是樓梯——設計相當怪，要上樓，一定得經過這些房間，和連繫這些房的走廊。

第五部

瘋子和大型電腦

建築物為什麼會採用這樣的設計，我自然也說不上來。站在樓梯口，抬頭向上看着，黑沉沉的，心中在打算上了樓之後的行動。

就在這時，我聽到開門聲、腳步聲，自樓上傳來。由於環境極靜，所以聲音聽來，也就格外清楚，我甚至一下就聽出，打開房門，走來的是兩個人。

同時，有了十分低微的交談聲，但卻無法聽清楚了，接着，又是開門聲。

我雖然看不到，可是卻可以假設情形是：兩個人打開門走出房間，又打開了另一扇門，進了另一個房間。

可是，接下來傳出來的聲音，我聽了之後，不禁有極度的詭異之感。而且，要不是我聽過良辰美景的叙述，我會根本不知道那是什麼聲響。

那是一個金屬物體碰擊所發出來的聲響——一個金屬的大抽屜，拉開或關上所發出來的。

那也就是說，那個人進了房間之後，就打開了一個大抽屜，而大抽屜中，據良辰美景所說，有人睡在裏面。

我在那一剎那間，感到了一陣難以形容的詭異，好好的人，為什麼睡在抽

屜裏？就算是精神病患者，也不能這樣對待他們。

我首先想到的疑問是：費力醫生究竟在幹什麼？

在樓梯腳下，又等了一會，上面好像有人在來回踱步，過了片刻，又有開門、關門的聲音，接着，又靜了下來，我向樓上走去，樓上的格局和樓下大致相仿，走到最盡頭處，一個房間的門縫下有燈光透出來，我猜想那是費力在工作。

我先不想去打擾他，急着去看看良辰美景說起過的怪現象，到我推開第三扇門時，就進入了她們曾經到過的那個大實驗室。

那一排大抽屜，靠牆排列着，我心中不禁也有點緊張，一面向前走，一面深深吸了一口氣，然後，輕輕拉開其中的一個來。可是，那卻是空的，並沒有一個青臉獠牙、身形高大的人跳出來，自稱是高麗大將蓋蘇文。

我把空抽屜推回去，接着又打開了幾個，全是空的，正當我有點不耐煩時，忽然聽到身側不遠處，有一陣鼾聲傳出來，循聲走去，清清楚楚，鼾聲是從一個抽屜中傳出來的。

看來，並不是每一個大抽屜中都有人睡着，不過既然有鼾聲發出，那自然有人在裏面了。

在裏面的人，是不是就是那個自以為是李自成的瘋子？

我以極慢的動作，把抽屜拉開來，拉開一些就止。抽屜一拉開，鼾聲聽來就十分響亮，室內光線相當暗，只聽得到聲音，和隱約可以看到一個髮如飛蓬的人頭，卻看不清楚面孔。

我沒有良辰美景那種自幼養成在黑暗中視物的本領，其勢又不能用手電筒去直接照射那人的臉，所以我把手電筒放在背後，再着亮，那麼，電筒發出的光芒，不會直射那人的臉，卻能使我看清楚那個人有臉孔。

良辰美景一再用「大漢」來形容這個人，這時，我看到的雖然只是他的頭部，但也給人凜然大漢之感。

他的頭髮又長又亂，不倫不類地胡亂紮了一個髻，卻又有許多亂髮不服規束，散落在髮髻之外。

他眉極濃，顴骨也很高，鼻子挺直，本來相貌應該可說神俊，可是他多半

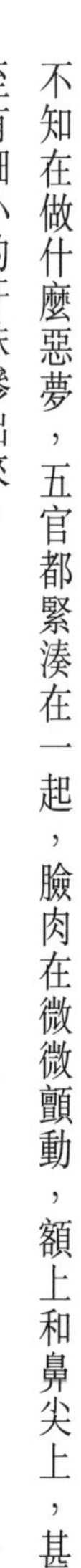

不知在做什麼惡夢，五官都緊湊在一起，臉肉在微微顫動，額上和鼻尖上，甚至有細小的汗珠滲出來。

他發出的鼾聲，斷斷續續，十分響亮，足證他睡得極沉，如果他剛才進來，一下子就睡得那麼沉，這也未免有點不可思議。

我看了一會，再慢慢把抽屜拉開了些，看到了他的肩部分，果然肩膀很寬，是一個粗壯的大漢。

他仍然睡得很沉，我再把抽屜拉開些，一直拉到他的胸口全露出來，他胸脯有規律地起伏着。

這時候，我不禁大是躊躇——這個人睡在一個大抽屜中，雖然行為怪異，但如果那是他的習慣，也就有他的自由。我就這樣站在一邊觀察，是絕看不出什麼名堂來的。

古怪的是這個人自以為是李自成，這就必須把他弄醒才可以有進一步的資料。

我先熄了電筒，然後，再把抽屜拉開了一些，伸手在抽屜的底上，拍了一下。

那一下，並沒有發出多響的聲音，可是那大漢的反應之快，超乎想像之外，我手還沒有縮回來，他已經陡然坐起。他剛才還睡得那麼沉，竟可以忽然之間，動作就那麼快，站在他旁邊，真要有很大的勇氣——才能不慌忙向後退。

那大漢一坐起來之後，立時雙目圓睜——良辰美景說得一點也沒錯，這人有一雙十分炯炯有神的眼睛，他直視着我。

雖然十分黑暗，我也料到他未必看得清楚我的臉，而且，就算給他看清楚了，也沒有什麼可擔心的。可是，在黑暗之中，他的一對眼睛，有異樣的光芒，被它們盯着，也感到很不自在。

他用力呼了一口氣，聲大氣粗地問：「又要連夜轉移？」說的正是陝西土腔。

上次他問良辰美景「是不是有緊急軍情」，現在說的那句話，又和軍事行動有關，這個人真可能一直在過着軍旅的生涯。

我含糊應了一聲，那人激動起來，雙臂揮動，雙手緊握着拳，兩拳相碰，竟然發出了「砰」地一下聲響，接着，恨恨地道：「不知是哪裏來的鬼怪，人不人，鬼不鬼，又剃頭，又留辮子，竟會給這種東西趕得東奔西竄。」

他一口氣説着，老實講，如果不是早知道這個人精神多少有點問題，自認是李自成，他説的那幾句話，還真不容易聽得懂。

他在罵的那「人不人鬼不鬼」、「留了長辮子」的，當然是滿清八旗精兵，是被吳三桂引進關來的。

看來，這個「李自成」已經失敗，到了窮途末路的了。不是當年挾重兵攻破北京城，逼得崇禎皇帝自殺時那麼意氣風發。

不管怎麼樣，若有人現在仍自以為是大順皇帝的話，這個人的神經有問題，殆無疑問。

我悶哼一聲，他説的這種土腔，我説起來，當然不會有良辰美景那麼好，可是也可以學上六七分，我冷冷地道：「打敗就打敗了，有什麼好怨的？」

那人陡然震動了一下，看樣子，想掙扎着撲出大抽屜來對付我，他掙扎想出來時的力道很大，不但抽屜搖晃，發出巨大的聲響，而且整列鐵櫃都在晃動。可是他卻又出不來，急得他連連吼叫。

那種情形，實在怪異至極，我一生之中的怪異經歷雖多，也未曾遇上這種場面，我退開了幾步，和他的距離遠一點，以防他突然攻擊。也幸好這樣，我才注意到門柄轉動，有人正要開門進來。

我暫時還不想被人發現，所以立時身形一矮，閃進了那張巨大的實驗桌之下，而且及時在門打開之前，移過了一張椅子，遮在身前。

門打開，我看到費力醫生站在門口，急急問：「這次又是誰？」

那大漢厲聲道：「不知道，居然敢出言譏諷，多半是牛金星手下的叛逆。」

我聽了，又是好氣，又是好笑，什麼東西，亂七八糟，全出來了。

但細想一下，倒也不足為怪。既然已有了李自成、李岩和紅娘子，再有牛金星、劉宗敏，又何足為奇？這個瘋子，說不定本來就是歷史學家，專研究明末流寇作亂的那一段歷史的。

費力醫生緩緩向前走來，他的動作，表示他並不着急，我看他一直來到了那大漢的面前，直視着那大漢，那大漢也望着他。

兩個一聲不響地互望着，足有半分鐘，費力才道：「根本沒有人來過，昨天你説紅娘子要來報仇，還説有兩個紅娘子，根本只有一個——」

費力説到這裏，突然有十分大膽的一個動作，看得我暗暗為他擔心。他並不是一個健碩的人，堪稱文弱，而那大漢卻十分壯健（要不然，剛才我也不會後退），要是打起來，他非吃虧不可。

可是，這時，他老實不客氣地用手指直戳向那大漢的額角：「從來也沒有記載，説紅娘子有一模一樣的姐妹，從來沒有。」

古怪的是，那大漢居然十分順從，只是伸手在被費力的手指戳中的地方，摸了一下，一副認錯的神情：「我知道紅娘子只有一個，可是……昨天晚上我看出去，真是有兩個……那兩個……也就像一個一樣，共進共退，一起説話。」

費力皺着眉，像是用了好大的耐心，才能把他的話聽完，然後，又用力揮一下手，大聲道：「沒有紅娘子，沒有牛金星派來的人，全是你的幻想，你明白麼？根本就只有你一個人。」

我聽到費力這樣講，心想雖然他粗暴了一些，可是那一句話，確實是對一個瘋子講的話。那大漢低聲把費力的話重複了一遍，看來他十分想接受醫生的觀點，但又實在無法接受，所以，露出了十分矛盾的神情。

費醫生在他的肩頭上拍了拍：「躺下吧，想想你自己的一生，許多事要靠你的記憶解決，別胡思亂想說有人來害你，要害你的人，全死光了，早就全死了。」

我心中不禁打了一個顫，費力最後一句話，有點令人猜疑，就算要安慰一個病人，也不應該用這樣的措詞。本來，他出現之後，和那大漢對話的情形，確如一個醫生和一個精神病患者，可是總透着說不出來的古怪。

那大漢聽了最後的幾句話，卻興奮了起來：「全死了？那些留辮子的……全死了？」

費力哈哈笑着：「死了，一個也不剩，全世界再也沒人有那種打扮的

了。」

大漢高興地舞着拳頭，可是不一會，神情沮喪了起來，咬牙切齒，恨恨地道：「我竟未能親手殺了他們，真可惜。」

費力又拍着他的肩頭：「躺下，躺下。」

大漢如言躺了下來，費力伸手在他的臉上撫摸了兩下，又在他的耳際低聲說了幾句話，我聽不真切他說了什麼，只覺得他說話時的聲音，溫柔至極。我心中一動，費力醫生對那大漢在施展催眠術。

在醫治精神病患者的過程中，的確有用到催眠術的，那並不少見，可是一則催眠術有它神秘不可思議的一面，二則，費力的行為，總有難以形容的怪異，所以令我覺得十分異樣。

等到費力再直起身子來時，那大漢已鼾聲大作，他把抽屜推了進去，對着那一個大抽屜，呆立了一會，不知他在想什麼。

等他轉過身來時，我看到他滿臉都是疑惑的神色，不是向門口，卻走到窗前，朝一扇窗子看。

那窗子並沒有什麼異樣，只不過其中有一格的玻璃上糊着一張紙，我陡然想起，昨晚良辰美景進來的時候，是攀上了二樓，再破窗而入的，她們打碎了一塊玻璃，費力剛才對大漢說根本沒有人來過，可是這時他又站在窗前發怔，可知他心中明白得很：的確有人來過。

他站了一會，倏然轉身，動作變得極快，一下子就來到了大抽屜面前，伸手抓住了其中一個把子，吸了一口氣，用力一拉，同時道：「你回來了？」

在拉開抽屜說話的同時，他又向抽屜中看了一下，抽屜中有什麼，我看不見，可是從他的動作上，我知道抽屜是空的。

因為他立即一伸手，向抽屜中重重打了一下，他的手一定打中了抽屜的底部，發出了「砰」地一聲響。他神情很複雜，也看不出是高興還是不高興，哼了一聲：「究竟到哪裏去了？」

接着，他又苦笑了一下，搖了搖頭，推回大抽屜，慢慢向門口走去。

在這時候，我聽到他說了一句我再也想不到的話，那令我一時之間，不但稱奇不已，而且，還覺得極不好意思。他在走向門口時，自言自語道：「應該

去問問衛斯理，他像是什麼都知道。」

剎那之間，我還以為自己躲在實驗桌下，已經被他發現了。可是他的神情十分惘然，顯然是心中有極大的疑難，無法解決，那麼，他真是想來請教我。我在他的心目之中地位極高——像是什麼都知道，就是極高的評價。

可是，事實上，我卻進了他的研究所來，鬼頭鬼腦地想窺伺他的秘密，這真叫人慚愧。

當時，我幾乎想現身出來，一面向他道歉，一面告訴他，不論他有什麼疑難，都願意幫助他。可是想了一想，還是忍住了沒有現身，為的是怕他忽然翻了臉，那就不好應付了。

他走了出去，我發覺只要沿牆攀出五公尺左右，就可以到亮有燈光的窗前，去看看他在幹什麼。

想到了就做，那一點也不困難，到了窗前，我找到了踏腳的所在，湊過頭去，看到費力坐在一個巨大無比的控制台之前。

那控制台上，全是各種按鈕和指示燈，也有一副字鍵。

這個控制台，當然是和樓下的電腦室相連結的。

假設費力醫生在研究精神病，他何以要動用到那麼複雜的電腦。

這時，我看他十分熟練地按下幾個掣鈕，注視着控制台上的一個熒光屏，那熒光屏上出現了一組又一組的波紋，看來複雜。

單看波紋，不能知道那代表着什麼，可能是交響樂中的一小節，也可能是磁鐵受到了敲擊之後所形成的，可能是海豚的語言，也可能是人體的體溫變化。

費力看得極用力，皺着眉，波紋不斷在變，有的時候，他會按下一個掣，令熒光屏上的波紋固定下來，仔細看着，然後再由它變化。

我攀在窗沿之外，自然不很舒適，這樣看了十分鐘，我又不懂波紋的內容，就不想再看下去，只見費力的神情，愈來愈緊張，像是一件什麼事，到了決定性的關頭，忽然站起，口唇掀動，忽然又坐了下來，搖着頭，神情疑惑。

我慢慢移動身子，心想，費力倒真是君子，多半他以君子之心看人，想不到世界上有許多人，行事不正大光明，會偷摸進來。他這裏對我和良辰美景來

說，甚至於對有經驗的小偷來說，簡直全不設防。

或許他認為小偷對他研究所的東西，不會有興趣。

不管怎樣，至少有一點可以肯定：費力是一個行為坦蕩的君子。而和他相比，我的行為自然不能算是高尚，這令我很慚愧，知恥近乎勇，我決定結束我的行動。

當然，我不是這時就去向他道歉，他在自言自語中，說過要來找我。等他來找我，我幫了他，然後再在適當的時機，向他說我曾偷入過研究所，相信以他的性格，必然是一笑置之。

我自覺這樣的打算不錯，就沿着攀下來，在走出去的時候，還向有燈光透出的窗口，揮了揮手。一路駕車回到家中，心情十分輕鬆，想不到的是，不但良辰美景還在等我，而且還把胡說、溫寶裕一起約來，所以我還未曾進入大門，已聽到屋內笑語喧天，四個人的笑聲和說話聲，賽過千軍萬馬。

我聽到溫寶裕在大放厥詞：「衛斯理要是失陷在那怪醫生的研究所之中，這上下，多半已被浸在一個滿是甲醛的大玻璃缸中了。」

幾個人中，數他最大膽，其餘幾個，雖在背後，也不敢對我放肆，所以他的話沒有人搭腔，他停了一停，又道：「說不定通了電，怪醫把他製造成一個現代的科學怪人。」

我已經開了門鎖，認定了他坐着或站着的方向，一開門就狠狠向他瞪了一眼，他本來坐着，給我一眼瞪得直跳了起來，多半是嚇壞了，所以語無倫次，竟然道：「你怎麼又不敲門又不按鈴就進來了！」

我嘿嘿冷笑，臉色不友善：「第一，這是我的住所。第二，要揀人做科學怪人，我看你比較適合。」

小滑頭陪着笑：「說說笑話，衛大俠一出馬，自然那怪醫生的底細，一古腦兒全都揭曉了？」

我向白素揮了揮手：「探聽到了不少，事情很怪，我馬上會講，可是小寶不准聽。」

溫寶裕自知在背後取笑我，闖禍不少，可是他很有本事，涎着臉道：「罰我只聽一半，如何？」

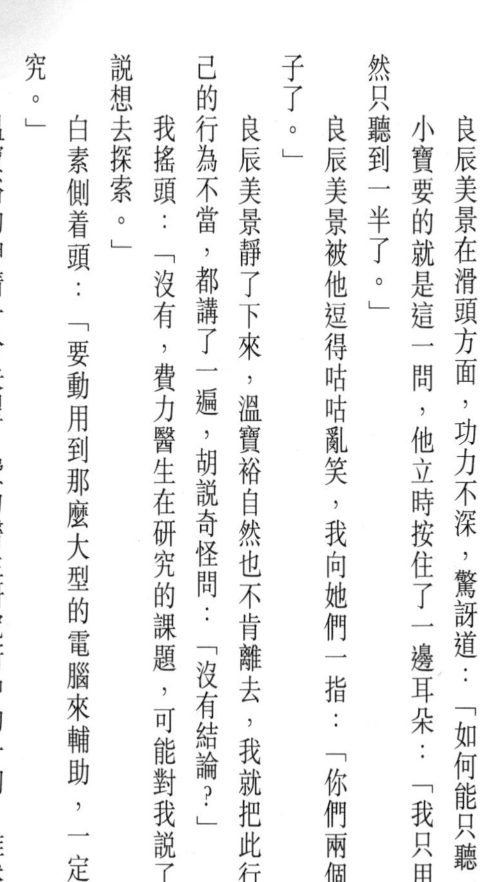

良辰美景在滑頭方面，功力不深，驚訝道：「如何能只聽一半？」

小寶要的就是這一問，他立時按住了一邊耳朵：「我只用一隻耳朵聽，自然只聽到一半了。」

良辰美景被他逗得咕咕亂笑，我向她們一指：「你們兩個真叫人當作紅娘子了。」

良辰美景靜了下來，溫寶裕自然也不肯離去，我就把此行經過，和想到自己的行為不當，都講了一遍，胡說奇怪問：「沒有結論？」

我搖頭：「沒有，費力醫生在研究的課題，可能對我說了，我也不懂，別說想去探索。」

白素側着頭：「要動用到那麼大型的電腦來輔助，一定是十分特別的研究。」

溫寶裕的神情十分失望，費力醫生研究所中的一切，雖然透着怪異，但不能令他滿足。最好在研究所中，有七八十隻九個頭二十八隻腳的外星怪獸，要是我不能弄一兩隻回來，那就叫怪獸咬了半邊頭去，也不夠刺激。

我攤了攤手：「他說會有疑難來請教我，我看他這幾天就會來。」

小寶咕噥了一聲，他雖然說得很含糊，可是我還是聽清楚了，他說：「人家要去問像是什麼都知道的人，你又不是。」

我自然不去和他計較，世上根本不可能有什麼都知道的人，連「像是什麼都知道」也不可能，我明白自己知道得夠多，這就已經很好。

良辰美景聽了我的話之後，想了一會才道：「那個人真以為他自己是李自成？」

我點頭道：「看來是，費力醫生顯然也知道這一點，也安慰他說辮子兵全死了。」

良辰美景又吐了吐舌頭：「乖乖不得了，要是叫他看到了清朝裝束的電影，真怕他會殺人。」

她們不是說笑，若是一個瘋子，真認為自己是李自成，看到了辮子兵，還有不大開殺戒的嗎？我忙道：「對，要提醒費醫生一下，別讓他接觸電視。」

胡說的聲音遲疑：「大型電腦、瘋子，真難以把兩者連成一起……照他的

情形來看，好像還有一個瘋子……逃走了，或是離開了？」

當費力從窗前走回去，忽然拉開一個大抽屜時，曾問了一句「你回來了」，又伸手在空抽屜中拍了一下，當時我看到這種情形，也想到可能另外還有一個人。

原本是應該在那大抽屜中的，由於他接着就說要來找我，所以我才沒有進一步想下去。

第六部

費力醫生的怪問題

胡說的心思細密，他也想到這一點，我道：「太有可能了，他的研究課題，就可能和精神病患者有關……不過他那樣對待患者，傳出去總不大好。」

良辰美景道：「是的，把人關在大抽屜中，而且，好像還不能隨便出來。」

白素作了一個手勢：「我猜想，在大抽屜中的那人不能出來，多半是一種精神禁錮——利用催眠術達到禁錮的目的。」

各人都「啊」了一聲，因為我們都沒有想到這一點。

溫寶裕有疑惑之色，我向他解釋：「在催眠時，如果告訴那大漢，不是有特殊的訊號，他就不能離開，那麼，雖然沒有實際上的束縛，但他已無法離開大抽屜，而一定要等那訊號出現。」

溫寶裕問：「這樣的禁錮，合法嗎？」

我難以回答：「很多科學上的新發展，都在衝擊着法律和社會道德，十分難以論斷。」

白素又道：「那位醫生如果真的來找你，就應該設法弄明白他究竟在做什

麼——單從表面現迹象來看，很難假設他究竟在幹什麼。」

我十分有信心：「他在自言自語時也提到我的名字，我想他遲早會來找我。」

胡說、溫寶裕和良辰美景齊聲道：「我們要在場？」

白素微笑，我想了一想：「不必了，你們四人一出現，會把很多人嚇退。」

他們四人一定也知道自己確有這種「威力」，當仁不讓，嘻嘻哈哈離去。

我等費力醫生來找我，一直等了七八天，幾乎以為他不會來了。那天有事外出，下午回來，一進門，就看到白素在接待客人，赫然便是費力。白素一見我，就向我使了一個眼色：「想不到你經常提起的費力醫生，原來那麼年輕。」

費力搓着手：「來得很冒昧，對不起。」

我幾乎想說等了他很久——當然沒有真說出口，他又道：「有一點事情想請教你。」

我連忙道：「不敢當，不敢當，請到書房去詳談。」

費力點頭答應，我和他進了書房，白素並沒有跟進來，一般來說，這種情形之下，她都不會主動參加。費力進了書房之後，先看書架上的書。我藏書並不多，可是卻十分齊全，什麼樣的內容都有，費力看着，取下了一本《明史記事本末》，隨手翻了翻，忽然轉過身來問：「明朝的建文帝，在燕王打進南京的時候，據說是從地道逃出南京城去的？」當他在看書的時候，我已經在等他向我發問——他有問題要請教我，這是我早已知道的。

可是隨便我怎麼猜，我也不會猜到，他會向我提出這樣的一個問題。

我想，那多半是他恰好拿到了那本書，所以才隨口問出這個問題。

我道：「傳說是這樣。」

他又問，態度十分認真，不像是隨便問問的：「南京城中怎麼會有地道？而且，建文帝當時應該在皇宮中，難道朱元璋造皇宮的時候就預知會有災禍發生，所以造了通向城外的地道？」

我一面覺得奇怪，一面忍不住發笑：「那應該去問那個倒霉皇帝，要是他

真是從地道逃走，他就應該知道來龍去脈。」

我這樣說，自然是開玩笑的，可是費力反應之奇特，再也料想不到。他先是陡然震動，然後，雙手亂搖，神情古怪至極，他手中還拿着那本書，所以看來樣子更怪，張大了口，卻又沒有發出聲音來，從他那種古怪的神情來看，他像是感到十分害怕。

而他又用十分異樣的眼光看着我，一時之間，我還以為自己忽然變成了什麼怪物，或是在我的身後，出現了什麼怪物，所以，不由自主，一方面伸手在自己的臉上撫摸了一下，又回頭看了看。

等我轉回頭來，才看到他的神情鎮定了一些，向着我尷尷尬尬地笑着：「你……剛才那樣說，只不過……是開玩笑，是嗎？」

他這樣一問，更令我心頭大起疑惑。以他的智力程度而論，他實在不應該提出這種白癡一樣的問題——智力不高的人，怎樣成為醫生，而且又作專題的醫學研究？可是他竟然這樣問了，那就必有原因。

原因是什麼呢？

我一時之間，想不出來，可是好奇心又逼使我非想不可，所以，我竟然沒有立時回答，這一來，費力的神情又緊張起來。

他的神態更令我疑惑，他竟然急急地把這個問題，又問了一遍。

我總不能一直不回答，本來，我應該說「那當然是開玩笑」，可是他的神態令我生疑，而且，我也發現，費力醫生這個人，和他的研究所不設防一樣，他並不擅於掩飾自己。在他身上，略用手段，要套出真話來，應該不是什麼難事。

所以，我的回答是：「是開玩笑怎樣？不是開玩笑又怎樣？」

他陡地踏前一步，在那一刹那間，他緊張得五官都不動，像是急於想說什麼話。可是當他站定之後，他又緊抿住了嘴，在那一刹那間，他一定又決定什麼都不說了。

我等他再開口，他眼珠轉動，卻一直不說什麼，我們就這樣僵持着，氣氛變得很僵。

我發出了幾下乾笑聲，又咳嗽了一下，示意他應該說話。他先是深深吸了一口氣，又緩緩呼氣，想是他心中十分緊張，要藉此緩和一下。果然，他再開口道：「建文帝……在歷史上一直下落不明，不知道他究竟到什麼地方去了？」

他在問這個問題的時候，半轉過身去，避開了我的眼光，所以，他多半也沒有看到我握緊了拳頭，幾乎揚起來要向他的下顎一拳打出去，如果真的揮拳相向的話，相信力道一定不會小。

我生氣自然有道理，他有問題來找我，可是卻不說出來，翻來覆去，卻只問我有關建文帝的事。

我那一拳終於沒有打出去的原因，是我發現他在問了這個問題之後，有十分焦急地等候答案的神情。

這真是不可思議之極了，難道他來找我，要問我的問題，就是這些？

這非弄清楚不可，不然，他再問多一次，我就會按捺不住自己的怒火了。

我提高了聲音：「費力，我以為你到我這裏來，是有難題和我討論。」

費力連聲道：「是，是，你是我認識的人之中，知道得最多的人了。」

我伸手直指着他，神態並不是太友善：「好，那麼請你把你的難題說出來。」

他也看出了我的不滿，神情委屈：「我說了，我想請教你，明朝的建文帝、朱元璋的孫子朱允炆，下落不明，他……究竟到哪裏去了？」

他又把問題重說一遍，我陡地吸了一口氣，看了他足有一分鐘之久，才道：「請坐。」

他像是也想不到我忽然會說這兩個字，一時會不過意來，竟不知這兩個字是什麼意思，茫然反問：「請坐？」

我點頭：「是，就是請把你的屁股放在椅上。」

他尷尬地笑了一下：「是，是。」

他說着，後退了幾步，在一張椅子上坐了下來，我也走出幾步，在寫字枱後面，也坐了下來，又盯着他看了一分鐘，一定是我的眼光古怪之極，所以看得他渾身不自在。

然後，我才一字一頓地問：「你來看我，就是想問我，建文帝，被他的叔

叔搶了皇位的那個，歷史上記載他下落不明，你想知道他上哪裏去了？」

在我的眼光逼視下，他連連點頭，這時，白素出現在門口，書房的門一直開着，我和費力講話的聲音都相當大，不必在書房中，白素也可以聽到我們在説什麼，所以，她一出現在門口，就道：「衛斯理，費醫生已把問題説了好幾遍了。」

我苦笑：「因為問題實在太怪異了，所以我要弄清楚一點。」

費力訝然：「古怪？並不古怪啊！那是歷史疑案，而你對歷史疑案一直很有興趣，常有獨特的見解。」

我嘆了一聲：「有點兒誤會……我以為你心中的難題，嗯，不大可能和歷史有關，而應該和你研究的課題有關才是。」

在我這樣説了之後，費力的反應十分奇特，總之這個人處處透着古怪，他那種奇特的反應，不單是我，白素也注意到。

我和白素曾討論過他何以會有這種反應的原因，不得要領（後來自然真相大白），所以有必要把他當時的奇特反應，描述得詳細一些。

他一聽了我的話，先是用力點頭，張大了口，一副「正是如此」的神情。可是那頭點到一半，張大的口像是想合攏，卻又突然覺得那樣子不妥當，所以一下子改變了主意，把口張得更大，而且，發出了一陣極不自然的「哈哈」大笑聲來。

他笑了相當久，大約有半分鐘，我想，在這段時間中，他多半已想好了如何掩飾，所以他開始講話，所講的話，語氣十分生硬，雖然他裝着要聽來十分輕鬆的效果。他道：「我研究的課題，向你求教？哈哈，你知道得雖然多，可是醫學方面，我一定比你在行。」

當時，我和白素互望了一眼，交換了一個眼色，心中都知道：費力在努力掩飾什麼。

可是，他究竟有什麼不可告人之事，我卻也說不上來。

我心中十分惱怒，竭力忍着，也陪着他笑了幾聲：「原來你的業餘興趣，是研究明史？」

費力醫生這時，已完全定過神來，講話的語氣，也自然得多：「也不單

是明史，歷史上的許多疑案，我都有興趣，但由於歷史疑案實在太多了，所以……我只對神秘失蹤、下落不明的人有興趣。」

我又勉強笑了一下：「哦，就像集郵的專題搜集一樣？差不多是這樣。」

費力點頭：「可以說是這樣，建文帝失蹤之後，明成祖曾進行廣泛的搜尋工作，甚至傳說，三寶太監七次下西洋，都是為了找他。」

我沒好氣：「聽說是那樣，不過沒找着。」

費力卻十分有興致：「對於建文帝的記載，不是很多，也不是很詳細。」

我打斷了他的話頭：「那些有限的記載，自然也給你全收集來了？」

他舔了舔嘴唇：「我盡量收集，嗯……有一則筆記，說後來有人在廣西的十萬大山見過一個人，自稱是朱允炆，後來，好像做了和尚。」

我乾笑：「就是那樣，傳說紛紜，沒有人可以肯定何者是真，何者是假，幾百年前的事了，當時都沒有人明白，何況是現在？」

他吞了一口口水，欲語又止，神情古怪，而且，時時露出焦急之情，他又道：「你是不是知道什麼人，對這方面有特別研究？」

我一口就回絕：「對不起，沒有。」

這時候，白素也說了一句聽來相當古怪的話：「費醫生，看來你很急於想知道那位朱允炆先生的下落，為了什麼？」

費力震動了一下：「不，也不是那麼急，不為了什麼，只是……為了好奇。」

他這樣講，別說聽的人是我和白素，就算是我們的管家老蔡，也可以知道他在說謊，所以我們都望着他，對他的話保持沉默以示抗議。

那令到他十分狼狽，竟至於抹了抹汗，可是他還在強調：「好奇，完全是為了好奇。」

我冷笑了一下：「感到好奇的，應該是我，費力醫生，你在研究的課題，是人類的精神病方面？」

他怔了一怔，自然而然搖了搖頭：「沒有的事，那不是我的學科。」

我揚了揚眉，很含蓄地提醒他：「如果需要長期觀察一個精神病患者，也就是說，如果需要長時間和一個瘋子打交道的話，那麼就很容易使人聯想到他

是在研究有關精神病的事。」

我說得十分緩慢，也十分認真，他用心聽着，等我說完，他皺着眉：「我研究的是和人腦的記憶系統有關——」

他說這到裏，陡然住了口，像是已經知道了我剛才那番話的弦外之音，他的臉在剎那之間，漲得血紅，雙眼之中也充滿了怒意，伸手指向我，尖聲叫：「衛斯理，你是個卑鄙小人。」

他這樣罵我，自然知道我曾偷進過他的實驗室了。

事實上，他也曾懷疑過有人曾經偷進去，因為有一塊打碎了的玻璃。我上次走的時候，又沒有把打開的窗關上。那睡在抽屜中的大漢，又曾向他投訴，兩度有人來找他的麻煩。

不過，費力當時站在窗前思索的時候，他以為偷進來的是另一個也睡在大抽屜中的人，所以他當時才有那一連串的行動，還說了一句「你回來了。」

而這時，他當然把兩次有人偷進去的事件，都算在我的帳上，我也不想辯駁，因為第一次，良辰美景偷進去，確然是我的主意。

費力那樣狠狠罵我，我沒有還口，只是苦笑了一下，露出抱歉、請他原諒的神情。

可是費力醫生真的發怒了，他罵了我一句之後，霍然站起，他站得極急，連椅子也帶翻了，臉漲得更紅，我也急忙站起來，大聲道：「對不起，我也覺得——」

可是他根本不聽，像是一頭發瘋的野牛，向門外就衝，白素正站在門邊，一看到本來很斯文的人，忽然之間激怒到這種程度，也嚇了一跳，連忙閃了閃身，讓他衝出了書房。

他一出了書房，立時衝向樓梯，他的情緒那樣狂亂，居然沒有在樓梯上直跌了下去，可算是一個奇蹟。

費力衝下去的衝力十分大，下了樓梯之後，又奔出了幾步才站定，恰好停在一尊十分精美的石灣陶製詩仙李白像的旁邊，那尊像有將近一公尺高，是名家作品，極其罕見，神態栩栩，我和白素都十分喜歡，常開玩笑說，對這塑像看得久了，會恍惚聽到他的吟哦之聲。

這時，費力一停下，眼光掃到了那尊陶像，我立時感到了一陣心涼，白素也看出大事不好，急忙叫道：「手下留人。」

她不說「手下留情」，而說「手下留人」，可知她也真的急了。

白素叫得雖然及時，但還是遲了。

費力醫生這時的情形，看來別說那是一尊陶像，若不幸是一個真人的話，他只怕也會控制不住，而在精神狀態極不正常的情形之下，出手殺人。

白素才一叫，他已發出一下可怕的叫聲，雙手一伸，提起那尊陶像——那有一公尺高，十分沉重，至少有四十公斤，可是他在盛怒之下，一下子就將之舉了起來。

白素立時閉上了眼睛，不忍卒睹，我則存有一絲希望，望他向沙發拋去。可是事與願違，他高舉起陶像之後，用力向牆上砸去，「嘩啦」一聲巨聲，詩仙李白成了千百塊碎片。

我尖聲叫：「你砸碎的是李白。」

他陡然轉過身，挺胸昂首，瞪着我：「李白又怎樣？你要，我可以給你一個活的李白。」

他一定是氣瘋了，所以語無倫次，什麼叫「活的李白」？不過不論怎樣，只要他肯講話，事情就好辦，而且東西被他砸了，總多少出了一點氣，所以我忙又道：「對不起——」

他不等我說完，就用盡了氣力，聲嘶力竭地叫：「你這卑鄙小人，我永不接受你的道歉。」

他說着，又轉身向外衝，拉開了門。我實在沒有辦法了，只好在他身後大聲叫：「你把人關在大鐵箱裏，又對瘋子施催眠術，我看你也高尚不到哪裏去。」

費力一聽，立時又轉回身來——這時，我才知道他真正發怒的樣子；剛才還不算發怒，他這時整個臉部的肌肉都扭曲了，眼珠像要奪眶而出，這種情形，我看了也不免有點害怕，因為他整個人，就像是一個已被拉掉了引線的手榴彈一樣，隨時可以爆炸。

看他的樣子，像是想衝上來和我拚命，因為他的確向前疾衝了兩步，可是

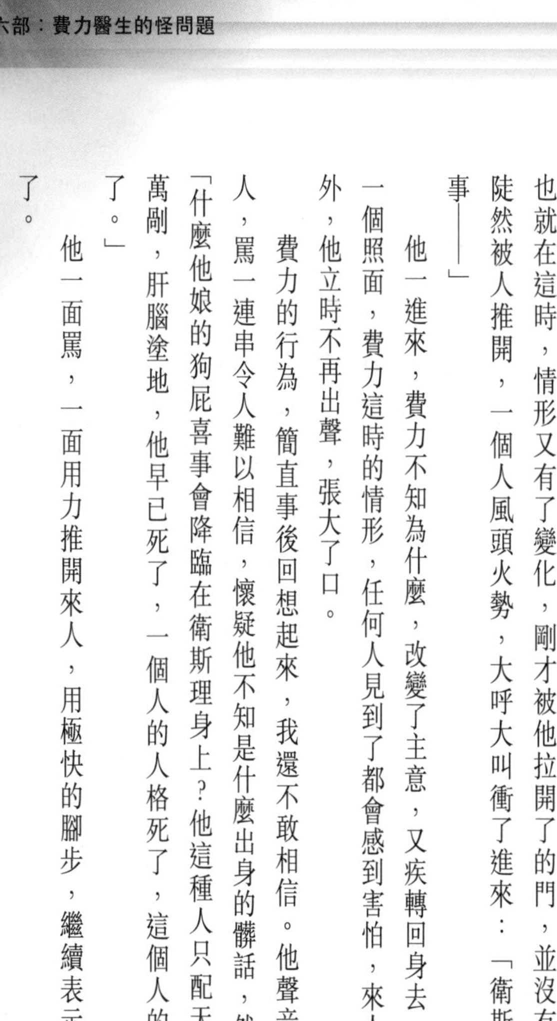

也就在這時，情形又有了變化，剛才被他拉開了的門，並沒有關上，這時，陡然被人推開，一個人風頭火勢，大呼大叫衝了進來：「衛斯理，喜事，喜事——」

他一進來，費力不知為什麼，改變了主意，又疾轉回身去，來人和他打了一個照面，費力這時的情形，任何人見到了都會感到害怕，來人自然也不能例外，他立時不再出聲，張大了口。

費力的行為，簡直事後回想起來，我還不敢相信。他聲音嘶啞，對着來人，罵一連串令人難以相信，懷疑他不知是什麼出身的髒話，然後下了結論：「什麼他娘的狗屁喜事會降臨在衛斯理身上？他這種人只配天打雷劈，千刀萬剮，肝腦塗地，他早已死了，一個人的人格死了，這個人的臭皮囊也就爛了。」

他一面罵，一面用力推開來人，用極快的腳步，繼續表示他的憤怒，走了。

我和白素在樓上目瞪口呆，來人在樓下，也一樣目瞪口呆。

來人是齊白，盜墓專家，最近聲稱活見鬼的齊白。

齊白自然可以看出，有極不愉快的事情發生過，他為了想氣氛輕鬆些，先吹了一下口哨，又抬頭向我望來：「看來剛才那位先生的脾氣不是十分好？」

我苦笑，一面走下樓，一面道：「簡直壞透了。」

齊白眨着眼：「脾氣壞的人我見過很多，閣下也是其中之一，但閣下竟然能容忍他大發脾氣，這倒是稀世奇聞，原因何在？」

我嘆了一聲，揮了揮手，表示懶得再說。白素這時，也走了下來，拾起被打碎的陶像的幾塊大碎片，說了一句：「真可惜，再也找不到了。」

齊白對這尊李白像，也很有印象，他自告奮勇：「不要緊，我替你們去找一座更好的塑像來。」

我悶哼一聲：「這傢伙一定也發瘋了，居然口出狂言，說什麼給我弄一個活的李白來。」

齊白搖頭：「弄一個活人擺在那裏，就算是真的李白，也受不了。」

第七部

古老鬼魂的侵襲

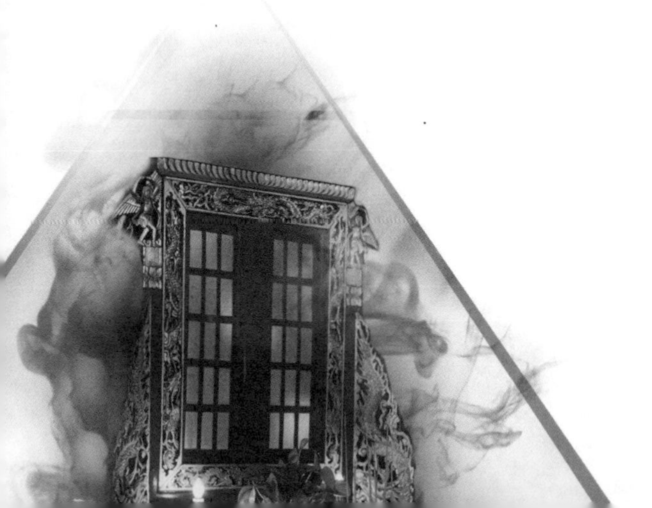

白素收拾着碎片，我等費力醫生來訪等了七八天，才算等到人來，而會有那樣的結果，真是意料之外。這幾天，由於把注意力一直放在費力那裏，齊白的事並沒有多想。

看他的神情這樣高興，一進來就大叫「喜事」，不知他又有什麼花樣？我拍着他的肩頭：「對不起，叫你無緣無故捱了一頓臭罵。」

齊白可是心情好，所以器量也大，他聳了聳肩：「沒關係，我只當他放屁。大喜事，衛斯理，他答應了，我求了他足足三天，他才答應。」

我怔了一怔：「有什麼事我要求人答應的？」

齊白大有惱意：「你是叫人發脾氣發湖塗了？那位……」他說到這裏，形容神情，詭秘至極，聲音也壓得很低：「那位鬼先生……我又和他共處了好幾天，他答應你可以去見他。」

我「哦」地一聲，還沒有說話，齊白又道：「不過，很可惜。」

我想起他上次來的情形，他離去的時候，也曾和我幾乎吵了起來，這時我忍不住道：「你說話一口氣說，別一段一段的好不好？」

齊白向白素望了一眼：「可惜，我不論怎麼說，他都不肯讓夫人也去，說是再多讓一個人見他，那已經是可以容忍的極限了。」

我又是好氣，又是好笑：「這位鬼先生，可以說鬼頭鬼腦到了極點。」

齊白頓足：「你見了他，千萬別那麼說，各人有各人的苦衷，他——」

我打斷了他的話頭：「你說錯了，什麼『各人』，是各鬼有各鬼的苦衷。他怎麼那麼自信，認為我一定會去見他，嗯？」

齊白像是聽到了最奇怪的話一樣，指着我，嚷叫：「衛斯理，有機會見一隻結結實實的鬼，你會不去？」

他又一次提及「結結實實的鬼」，我的好奇心實在使我無法拒絕，我只好道：「當然不會不去，那……古墓在什麼地方？」

齊白搓着手，神情為難，欲語又止，一副希望我體諒他難處的神情。我看出他心中在想什麼，冷笑一聲：「別告訴我你不能說。」

齊白長嘆一聲，雙手攤開，無可奈何：「那是他肯見你的條件。」

我也看出他意猶未盡，還有很多的話未能說出來，就催他：「還有什麼話，你就一起說了吧！」

齊白再長嘆一聲，神情為難至極，重重一頓足：「他也真的……太不近人情……嗯，太不近鬼情了，竟然要你在一離開家門起，就蒙上雙眼，而且人格保證，絕不能夠偷看自己在什麼地方。」

我高聲轟笑了幾聲：「那要多久？」

齊白還沒有回答，白素在一旁，也笑着，搶着道：「要四天。」

齊白訝然：「嫂夫人怎麼知道？」

白素微笑：「你上次離去，到今天回來，恰好是八天，那麼單程自然是四天。」

我陡然叫了起來。「要我做四天瞎子——」

白素一揮手，打斷了我的話頭：「不是四天，是八天，回程的時候，你一樣不能看到任何東西，不然，你仍然可以知道那古墓在什麼地方。」

我怒極又笑：「要我做八天瞎子，就為了會見一隻結結實實的鬼？」

齊白卻一點也看不出我在生氣，接上去說：「是啊，這真是太值得了。我

見這隻鬼的時候，花的代價更大。你不記得我上次來的時候，那種失魂落魄的情形。」

我「呸」了一聲：「值得？你在報上刊登一個廣告，說當八天瞎子，可以見鬼，看看會有多少人來應徵，閣下快請吧，我這裏是人住的屋子，不是鬼住的古墓，對閣下不是很適合。」

齊白被我一陣搶白弄得漲紅了臉，不住眨眼，過了一會，才道：「八天不能看東西又有什麼關係？一進入古墓，你不但可以見到鬼，而且可以見到那奇特至極的古墓。」

他再補充：「在古墓中，你當然不必再做瞎子。」

我一擺手：「謝謝了，我不會接受這種條件。」

齊白深深吸了一口氣，小心地問：「是不是剛才那人使你的情緒變壞了？」

我道：「不是。」

齊白搖頭：「我真不能相信，真的不能相信。衛斯理，這是千載難逢的機會。錯過了，你一輩子會後悔。你再也不會有機會見到一隻結結實實的鬼，聽他說幾百年前的歷史隱秘。」

他的話，確然有無比的吸引力，可是那隻鬼的條件，卻也實在令人難以接受——倒不是當八天瞎子有什麼特別的困難，而是接受了這樣的條件，會使人感到在人格上遭到屈辱。

我使自己平靜下來：「能不能折衷一下，我保證除了白素之外，絕不對任何人提起，那麼他的秘密就不會洩露。事實上，他如果死了五百年，現在實在沒有什麼力量再能傷害他的了。」

齊白唉聲嘆氣：「這道理，你明白，我明白，可是他不明白。我知道你不肯接受這種條件，也對他說了，可是他一直堅持。」

我根本不想再和他說下去，不耐煩地半轉過身去，恰好和白素的目光接觸，白素的目光之中，閃耀着一絲頑皮的神情，使我心中一動，立時知道白素在打的是什麼主意，我道：「齊白，那隻鬼是不會離開古墓的，是不是？」

齊白惘然：「多半是吧。」

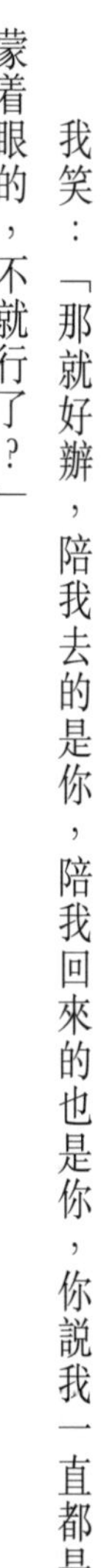

我笑：「那就好辦，陪我去的是你，陪我回來的也是你，你說我一直都是蒙着眼的，不就行了？」

齊白的臉色難看之至：「我敢欺騙人，不敢欺騙鬼。」

我雙手用力一揮：「那就不必談下去了，看來只有你是世上獨一無二，可以和鬼在一起過日子的人。」

齊白團團轉走了一會，坐了下來，身子不斷抖動，很焦急，也很用心地在想，多半是在想用什麼話可以說服我答允鬼的條件。

白素輕鬆地引他說話：「你的話，在你上次離開之後，我們討論過，覺得很不明白，那隻鬼……和你一起是結結實實的？」

齊白點頭：「如果不是他自己說出來——一半也是我料到的——他的身分，我根本不會把他當鬼，只當他是人，我甚至捏過他的手臂，就像捏我的手臂一樣。所有有關鬼的傳說和記載，都沒有提到過鬼可以這樣子，那種奇特的現象，衛斯理，如果你不去體驗一下，那你還算是什麼衛斯理？」

我皺着眉：「他進食？呼吸？」

齊白點頭，我又問：「他喝水？睡覺？便溺？」

齊白一直點頭。

我和白素異口同聲：「那他不是鬼，根本就是人。」

齊白苦笑：「可是他實在是一隻鬼，情景詭異絕倫，其中一些細節我不能說，你要是一去，立即就可知道。」

我又想了一想：「也不是太詭異，那情形照你所說，是一個被鬼上了身的人。」

齊白陡然震動了一下，他顯然從未想到過這一點，張大了口，吁着氣。接着，又做了一些沒意義的手勢，想來是在回想他和那隻鬼相處的細節。

過了一會，他又長長地吁了一口氣：「你沒想的……大有可能，因為他實在是一個人，可是……鬼上身……一個古老的鬼魂，進入了他的頭腦，使他以為自己就是那個古人？」

我很高興：「你明白了？這種情形不算很特殊，嗯，最近我就見到一個人，自以為是李自成，他見到良辰美景，以為她們是紅娘子，來找他報殺夫之

仇。」

齊白沉吟不語，我雖然這樣說了之後，心中不禁陡然一動，向白素望去：「我們一直都以為那個自以為是李自成的人是瘋子……可是也有可能……那是另一宗『鬼上身』，李自成的鬼魂，控制了那人的思想。」

白素的神情很怪，那自然是她想到了我的假設，並非完全不可能之故。

我的假設如果成立，那當真是怪異至極了。古今中外，不知道有多少人出生過，又死亡了，所有死亡的人，自然都有靈魂，不知以什麼方式存在着，要是這種靈魂入侵人體的事大量發生，那會怎樣？

滑稽一點的想法，是兩個陌生人見到了，忽然會生死相拚，因為一個被李自成的靈魂佔據了，一個被崇禎的靈魂佔據了。

可怕一點的想法是：要是希特拉的靈魂，忽然佔據了人的身體，那會不會又引發一場大屠殺？

由於人類對靈魂的來、去、存在，處於極度無知的狀態之中，所以這種侵入，幾乎無法防止。

古今中外，本來也有零星的、不完全的靈魂侵入人體的紀錄，可是似乎都沒有眼前這兩宗那麼嚴重。費力醫生在那次聚會之中，曾提及「一個進攻陰謀」，後來他說那是病毒的進攻，病毒的進攻，還有迹可循，靈魂無形無蹤的進攻，人類如何防禦？

我愈想開去，思緒愈是紊亂，簡直找不出一點頭緒來，白素先我一步開口：「我看事情，還是和費力醫生有關聯，他的行為太怪了。」

我惘然：「那個李自成，或許和費力有關，可是齊白見過的那個，怎麼又會和費力有關？」

白素緩緩搖頭：「我不知道，因為齊白先生並沒有向我們提供進一步的資料。」

齊白又申辯說：「我不是不肯說，而是發過誓——」

我陡然大喝一聲：「你怕的是鬼神。如今他既然只是人，就不會有什麼特別的能力來害你。」

齊白神情苦澀：「那個古老的靈魂，若是忽然向我進攻，我可不想自己變

成……他。」

我冷笑：「那有什麼不好，可以一輩子住在古墓裏，那正是你最喜歡的事。」

齊白用力搖頭：「你要是真不願意接受他的條件，那實在可惜至極。唉，那古墓所在地，十分隱秘，我也是花了不知道多少心血，才找到它的入口……那人若不是古墓的主人，一定無法找得到它。」

我隨口問：「那樣大的古墓，它的主人一定不是普通人了？」

齊白並沒多加防備，也隨口道：「是啊，他是——」

可是他說到這裏，卻陡然住了口，伸手指着我，一副「要再想在我的口中套出更多消息」的神氣。

我心念電轉，根據已知的資料，可以肯定古墓的主人不是普通人，而齊白所說的鬼，就應該是埋在古墓中的那個死人。

他又提及過，古墓完全照極豪華的居室建造而成，能有這樣排場的，最可能是帝王之家。

還有的資料是，這個古墓距離，是四天的行程——這比較空泛，因為不知道在這四天之中，齊白使用了什麼交通工具，飛機和步行，自然大不相同。

對我有利的是，在提及那隻鬼的時候，他絕沒有一次提到那隻鬼是西洋鬼或東洋鬼，那也就是説，那隻鬼極可能和他，和我，同文同宗。

有了這些資料，我心念電轉，淡然一笑：「也沒有什麼了不起，不過是一個皇帝而已。」

我作出這樣的結論，如果錯了，齊白一定會哈哈大笑，我也沒有什麼損失。

可是齊白陡然一震，就在那一剎那間，我知道自己已經料中了。

他發現的古墓，是一個皇帝的墓。

和他在一起相處過的鬼，曾是一個皇帝。

歷史上有哪一個皇帝，是一個在逃避着追尋和搜索，以至幾百年之後，心理上仍然如此恐懼的？

我想到這裏，已經和白素同時發出了一下低呼聲，我們互相走近，伸手互

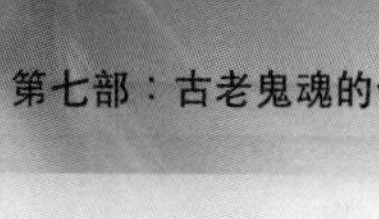

握，都覺得對方的手，簡直冰冷。

在剎那之間，我們的思路相同，想到了同一個結果。

這時，我們在想着的是，歷史上有哪一個皇帝，是逃亡之後被人不斷搜尋下落的？在中國五千年歷史上，這樣的皇帝並不多，而我和白素之所以同時想到了那一個的緣故，是由於不久之前（半小時之前）還有人在追問他的下落，也由於費力醫生的怪問題，問到了建文帝的下落，才導致後來出現了那麼不愉快的局面。

我和白素都想到了這個皇帝，他的名字是朱允炆，明太祖朱元璋的孫子。明大祖把皇位傳了給他，他一來不是做皇帝的材料，二來覬覦皇位的人太多，他非但不去籠絡他的那些叔叔，反倒不斷去逼他們，終於，燕王朱棣以清君側為名，起兵造反，建文帝在南京城破之日，下落不明，成為歷史疑案。

對了，上次齊白來的時候，也曾一再提及歷史疑案那句話，那是絕不會錯的了。

但是，我和白素都沒立即叫出他的名字來，剎那之間，我們只覺得奇怪至極——要不然，我們的手也不會變得冰冷。

我們想到的是：費力為什麼恰好對建文帝的下落有興趣？

在他的研究所中，有一個「李自成」——這個人，可以說他是瘋子，也可以說他是被李自成的靈魂侵襲了，究竟事實的真相如何，不得而知。

他又十分關心建文帝的下落，奇在不知位於何處的一座古墓之中，齊白又遇到了一個自以為他就是建文帝的人。

那個人是不是也受到了的鬼魂的侵襲？

如果是的話，兩宗古老鬼魂的侵襲事件，是不是有關聯？說得明白一點，是不是和費力醫生有關——那正是他的研究課題？

一想到這一點，不但手心冰冷，簡直遍體生寒，臉色自然也古怪到了極點。

齊白一直盯着我和白素，神色也陰晴不定，這時，他自然也知道自己一聽到了「皇帝」這個詞，就陡然吃驚，那無疑是自己露了馬腳，因此他十分希望可以補救。

他嘿嘿乾笑：「不論你們想到什麼，一定想錯了，皇帝？哪來的皇帝！哈哈，那古墓不屬於普通人，可是，和皇帝也扯不上關係。」

我和白素都用十分同情的眼光望着他，但是卻又不對他說話，我們只是自顧自互相交談，卻又說得相當大聲，可以使齊白清楚聽到。

我道：「還是有點想不通之處。想當年，他在城破之日，倉皇逃走，應該是一直向南逃，不會向北。嗯，就算後來隱藏妥當，哪裏還有心思、財力來大規模經營墓室？那時，他的環境，幾乎離死無葬身之地也不遠了。」

我說的，自然就是建文帝。齊白聽了，臉上的神情，就像是含了滿口活的蝌蚪一樣。

白素接着道：「是啊，除非是他的祖父，有先見之明，知道他強敵太多，一個不好，皇帝就做不成，所以，一面在暗中留下了秘密的逃生地道，一面又在深山大野中，秘密造了屋子，可以供他逃亡後居住。」

齊白的臉色，這時像是他滿含着的一嘴巴蝌蚪，都長出了四隻腳。

我「哈哈」笑着：「真有趣！若是這樣的話，有人枉稱專家，連秘密住所和墓也分不清楚，進了一所古宅，以為進了一座古墓。」

白素笑得歡暢：「那也差不多，反正都是古代建築物就是。」

齊白這時的神情，像是那一滿口的蝌蚪，都已變成了活蹦亂跳的青蛙。

我又道：「難怪這位鬼先生的心理那麼不正常，的確，當年的大搜尋行動，也和天羅地網差不多。」

白素伸屈着手指，作計數狀，我點頭：「對了，單是大規模出海，就有七次之多。」

齊白張大了口，呼哧呼哧地喘氣（那些青蛙多半已吐了出來），他像是喝醉了酒一樣，踉蹌走出幾步，在一張沙發上癱了下來，翻眼望着我們，我笑嘻嘻地斟了一杯酒給他，他用發抖的手接過來，一口喝乾。

我又向白素道：「我們的朋友可能有羊癇病，為什麼他一受了刺激，身子就會發抖？」

白素嘆了一聲：「別再戲弄他，告訴他，我們已想到那隻鬼的身分了。」

我和白素的對話，到了這一地步，齊白自然知道我們已知道那隻鬼的身分了。他仍然翻着眼，聲音聽來像是夢囈：「不可能，沒有可能，你們絕無可能……猜到他是誰的，絕無可能。」

我俯下身，直視着他：「正視現實吧，齊白，那位朱允炆先生好嗎？」

齊白被徹底擊敗了，他張大了口，出氣多入氣少，過了好一會，才長嘆一聲，情緒平復了許多：「是你們自己猜到的，不是我説出來，當然我不會應驗那個毒誓。」

我和白素一起安慰他：「不會。」

他仍是神情疑惑至極：「真是沒有可能，歷史上那麼多人，你們怎會想到了他？」

白素道：「因為——」

我搶了過去：「恰好因為有一件事，我們才討論這個人，所以有了印象，再根據一點蛛絲馬迹，綜合起來，推測下去，就產生了這個結論。齊白，那個自稱是建文帝的人，你和他相見的經過如何，現在可以説了吧，可能這其中有一些十分嚴重而怪異的事情存在。」

齊白又喝了一大口酒，雙手搓着，又眨着眼：「可是你們仍然不知道那古墓……那古宅在哪裏？」

白素和我齊聲道：「別天真了，是十萬大山，入山不會太深吧？」

齊白一副心服口服的樣子，嘆了一聲：「也算是很深了，足足要走兩天山路。」

我和白素何以會料到是在十萬大山？也很簡單，四天的路程，建文帝曾在十萬大山附近出現的記載，都使我們得出結論。

齊白站了起來，喃喃說了一句什麼話（可能是他從事冒險時的咒語），又坐了下來，才道：「不多久以前，我得到了一批資料——」

資料是在一張紫檀木太師椅的椅背夾層之中被發現的。

那張紫檀木太師椅，毫無疑問是屬於明朝宮廷中流出來的，太師椅椅背的一個榫頭，有點鬆脫，需要修理。

那時，太師椅是在倫敦的一家十分著名的古董店之中，標價三萬英鎊，放了六七年了，也無人問津，以致店主人都記不起它是怎麼來的了。

洋木匠不懂「榫頭」這回事，古董店的一個職員，到了唐人街的一家古董舖去找人來修理，唐人街古董店的老闆去到一看，十分歡喜，以一萬英鎊的價格買下來，搬回去自己修理。

拆開椅背之後，發現兩片紫檀木背的中間，有着四五張紙。那些紙估計並不是故意藏起來的，多半是在造椅子的時候，為了使兩片木片，可以壓得更緊密，所以拿來做襯墊的。

（我之所以說得那麼詳細，是由於很多事都從湊巧而來。）

（湊巧的是，當那幾張紙又重見天日的時候，齊白恰好在場。）

齊白是盜墓人，經他的手發掘出來，又流出去的古物，不知多少，若是古董店的主人，竟然不認識他的，那好極也有限。而所有認識他的古董店老闆，都對他十分尊敬，差點沒有奉若神明。

他背負着雙手，在看老闆拆太師椅，看到了那疊紙，順手拈起來一看，就露出驚訝的神情。古董店老闆也十分機靈，立時問：「好東西？」

齊白搖頭：「不知道，好像是宮中太監用來記錄皇帝行動的起居注，這裏記着：『上命各鎮工匠千餘人，集中候命』——可能是宮裏有什麼大工程——嗯，洪武二十九年，是明太祖時代的事，也算是古物了——」

齊白自然不會把這樣的古物放在眼中，隨着揭過了一張，「咦」了一聲：「真怪，『上遣千餘工匠遠赴南方蠻瘴，有不從者，立斬，哭聲達於深宮。』」

齊白說到這裏，側想了一想。

他喃喃說了一句：「南方蠻瘴之地，派那麼多工匠去幹什麼？」

古董店老闆不斷眨着眼，望着他。

第八部

山洞中的巨宅

這時，齊白對那張紙，已大有興趣，繼續看下去，又有這樣的記載：「上命進十萬大山詳圖」、「上連夜觀山圖至旦」，特旨命工部選派要員為上思州令。」

齊白看到這裏，心中便「啊」了一聲，他心思極靈敏，看到的記載雖然簡單，可是他也可以推測出發生了什麼事。

工部要員被派去當思州令，這是十分不尋常的調動。上思州在十萬大山附近，再加上派了一千多個各類工匠到「南方蠻瘴之地」去，可知在那附近，當時一定進行過極巨大的工程。

當時，齊白想到的是：那是什麼工程？斷乎不會是明太祖的行宮——哪一個皇帝會把行宮造在十萬大山？那麼，就有可能是陵墓。

在南京的明陵是假的，真的明太祖陵是在十萬大山。

一想到這一點，這個古墓狂的興奮，真是難以形容。他不但手舞足蹈，而且還抱住那古董店老闆，在老闆的光頭上，親了好幾下，令那老闆事後想起來就犯噁心。

十萬大山的範圍極廣，在廣西省南部，延綿百餘公里，山不是很高，可是卻十分深邃幽僻；有許多地方，人迹罕至，也有一大段和越南接壤，那更是荒僻蠻瘴之地。齊白沒花多久時間，就找到了不少有關這座名字奇特的山脈資料。

而且，他還有着極好的線索：上思州。上思州在唐朝的時候設州，到清朝改為廳，民國初年設縣，雖然在邊遠僻地，但倒也歷史悠久，凡歷史悠久的縣，都有縣誌一類的記載文獻留下來。

於是，齊白就打着埃及一家大學的「人類學教授」名銜，到廣西省上思縣去專門「研究僮族人的來源和發展」，在那裏混了三個月。

這三個月，他不是白混的，在許多記載中，都有類似「洪武年間，工匠絡繹，木材磚瓦不絕於途」的記載，使他更肯定當時在那裏有極大的建設工程進行過。

可是，確切的工程進行地點呢？那中國古代文字記載的通病，語焉不詳。

或許，也由於當時，把這個工程當成是一宗大秘密的緣故，就有一則記載說，逾千工匠在經過了將近三年的蠻瘴生活，以為可以回到家鄉，結果卻沒有一個人到家，都不知所終了。

在封建皇帝時代，那種事常有發生，不足為奇，雖然這裏面，包含了不知多少血淚，多少悲泣，多少相思，多少痛苦，但是在呆板的文字記載之中，能看出來的，至多不過是幾點淡淡的哀愁而已。

那批工匠（超過一千人），究竟到哪裏去了？若是為了保守秘密的理由，自然是遭到了集體屠殺，滅了口。

有記載說，有不少工匠的家屬，不遠萬里找來的，也都流落在上思，有的客死，有的傷心欲絕地回去，在上思城的西邊，山腳下有一片荒地，就是專埋葬那些來自萬里之外的工匠家屬的。

齊白在看到那些資料時，已漸漸在腦中形成了一個畫面。皇帝下令，秘密工程在深山中某處日夜進行，秘密工程最可能是皇帝的陵墓。

正確的地點沒記載，但總有一點蛛絲馬迹，可供追尋推測。他又發現了兩個地名：那蘭鄉、汪威。這兩地名在地圖上都可以找得到，在上思的西南方，

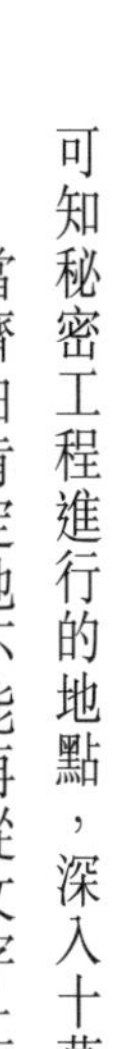

可知秘密工程進行的地點，深入十萬大山之中。

當齊白肯定他不能再從文字上獲得更多的資料時，他開始了實際的行動，他單獨行動，到了叫汪威的小鎮，繼續向西南方，向山中進發。

他是一個極具經驗的盜墓人，有着極其豐富的各種知識，我在第一次介紹他出場（在《盜墓》這個故事中），曾這樣說：「有豐富的歷史知識，豐富的工程建築，特別是各國古工程知識。有豐富的考古經驗，有豐富的各種器械的使用知識……」

這許多知識，使他的探尋工作得以進行。例如，別人不會注意，他就會注意到，山間有一條灌木帶，站在高處看，像是一條蜿蜒通向深山的帶子，他就知道，如今生長灌木的那土地，一定在若干年前，曾經過不尋常的處理，不然，在山中雜生的灌木，不會長得那麼整齊。

他研究那灌木帶，就花了七八天時間，跟着灌木帶，幾乎每一步都不放過。果然，七八天之中，他找到了大小不一的石板碎片，共有六片之多。

於是他就有了推論：這裏，在許多年之前，曾有一條用石板鋪成的路。

路，自然是為了秘密工程進行時，運輸方便而設的。

工程完成之後，為了保守秘密，鋪好的路被拆走，不留下痕迹，他找到的石板碎片，最大的也不過一尺見方，厚度一致，可知工程的規格，十分嚴謹，連路的石板，也一絲不苟。

灌木帶的出現，有兩個可能：一是故意種上去的；一是經過鋪石、拆走的過程，泥土起變化，恰好變得特別適合這種灌木生長，所以自然形成了林帶。

不論如何，沿着林帶向前去，可以發現秘密工程的所在地，應該沒有疑問。

齊白為這個發現大聲歡呼，弄得聲音都有點發啞。那種灌木，樹枝上帶着尖銳的小刺，結一種褐色的、指頭大小的漿果，齊白看到很多鳥雀在啄食，知道沒有毒，採了幾顆，竟然清甜無比，所以他大吃了一頓。

（雀鳥的肚子和人的肚子不同，齊白仍然堅持那種山果沒有毒，不過用一種十分古怪的神情，訥訥地說，那東西是最好的「瀉劑」，他吃了什麼苦頭，也可想而知。）

他沿着灌木帶，進入深山約有三公里，迎面是一座陡上陡下的懸崖，竟然沒有了去路。他走到了盡頭，是絕地。

別人看了這種情形，自然會沮喪，可是齊白仰天大笑，樂不可支。

他既然肯定，那灌木帶原來是一條路，自然也就知道，那一大片懸崖，是目的地已經到了。

不會有人築一條路通向絕地的，那秘密工程的秘密，必然就在那片懸崖之上，問題是如何發現它的入口處而已。

那十分之考功夫，事後齊白十分自傲，說是能找到那入口處的，只有兩隻鬼、一個人。

兩隻鬼本來是他的同行，一隻外號叫病毒，一隻叫單思，兩人都已死了，所以齊白稱他們作鬼，而「一人」，自然是他自己了。

（我曾道：「不對，還有那隻結結實實的鬼，他也找到了入口。」）

（齊白「哼」的一聲：「他？那秘密工程根本就是為他建造的，他當然知道怎樣進出。他不是找到入口處的，也正由於這一點，我才肯定他是結結實實的老鬼，不然，我一定以為哪裏又冒出一個這樣出色的行家來了。」）

懸崖十分高，估計約有兩百公尺，上面長着許多樹和藤蔓。齊白利用了望遠鏡，先檢查懸崖的上部——如果工程曾在那裏進行，所有的工程材料，就必須吊上去，必然會有裝過支架之類的痕迹留下來。

檢查得十分仔細，並沒有發現到什麼，他再檢查懸崖的中部，同樣沒有發現。

又過了五六天，白天，他像白癡一樣對着望遠鏡，看得兩眼刺痛，晚上，他像猴子一樣露宿。帶去的乾糧快吃完了，山中有清泉水，水裏有極大的蛙，叫聲極大，肉極鮮嫩，成了他的主糧——他自然不敢再去碰那些山果子了。

他接着，又檢查懸崖的下部，也沒有發現。這令他十分氣餒，他不能在那麼大片的山崖上，用鎚子去敲打，聽聽是不是有空洞的回聲。

在山崖之前的第十天，他簡直快急瘋了，這時，他想起了初入行做盜墓人的時候，師父教過他的幾句話：「很多時候，實地去找古墓的入口，固然重要，但更多時候，用腦子想，更有用——離開個古墓十萬八千里，只憑想，也

可以把古墓的入口處找出來。這和大將軍打仗，不必親上前線，在千里之外運籌可以決勝，是一樣的道理。」

當齊白想起這番話的時候，他身子在睡袋裏，腦袋在外面。月色皎潔，天氣清涼，他盯着那片山崖，開始想：明太祖好好地在南京當皇帝，洪武二十九年，敵人都已打敗，功臣也大都誅盡，安穩之極。何以竟來到那麼遠的南方大興土木？

看來，秘密工程不是陵墓。

一想到這一點，齊白立時想坐起來，可是睡袋十分厚，他無法坐起，只是身子向上抬了一抬，他立即又想到的是：會不會有向外用兵的雄心，所以才先在這裏建造一座秘密倉庫？

但他也否定了這個想法。那時，北疆多事，南疆平安，朱元璋不是笨人。看來這秘密工程，另有用途——也就在這時，他腦際靈光一閃，想到了秘密工程建在那麼隱秘的深山中，可能是為了避難之用。

避難，就要住人，要住人，必不可少的是要有水有空氣，在懸崖前不遠處，有一個亂石堆，在那亂石堆中，有一股極大的山泉湧出來，連日來齊白飲用的，就是那山泉水，其實，泉聲淙淙，是山野間唯一可以聽到的聲音。

齊白為了自己的新發現興奮若狂，大叫了幾聲，當他自睡袋中鑽出來時，大片山崖引起的回聲，兀自蕩漾不絕。

他奔上了那堆亂石，月色之下，看得很清楚，水是從地上冒出來的，他一直只當那是泉水的源頭，但這時看來，也可以說，水是在地下，由懸崖那個方向被引出來的。

他奔下石堆，伏了下來，以耳貼地，屏住了氣息，果然以他敏銳之極的聽覺，他聽到地下不是很深處，有地下水流動的聲音。

他緊握着拳頭，用一種十分怪異的姿勢，順着水流聲，向前移動——這時如果有人看到他，一定不明白用那種怪姿勢在移動的是什麼生物。他的耳朵一直緊貼在地面，以追蹤水流聲，而手則在地上撐着，向前移動。

泉水離山崖不是太遠，大約三十公尺，河就是那麼一段距離，他為了要確定地下水流動的聲音，移動得相當慢，足足花了一小時，才到了山崖腳下。

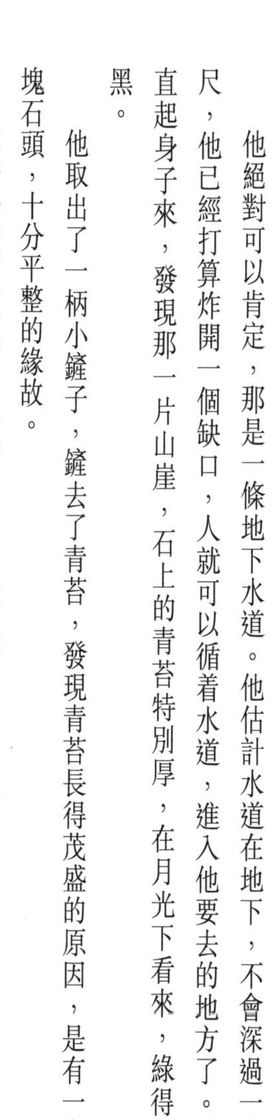

他絕對可以肯定，那是一條地下水道。他估計水道在地下，不會深過一公尺，他已經打算炸開一個缺口，人就可以循着水道，進入他要去的地方了。他直起身子來，發現那一片山崖，石上的青苔特別厚，在月光下看來，綠得發黑。

他取出了一柄小鏟子，鏟去了青苔，發現青苔長得茂盛的原因，是有一大塊石頭，十分平整的緣故。

事情發展到這裏，已經可以說是接近結局了，他鏟去了大約三十平方公尺的青苔，就使那道暗門完全顯露了出來。他興奮地用鏟子敲打着石壁，發出空洞的聲響，在天亮之前，他已順利推開石門，走了進去。

才跨進去了一步，他就呆住了。

齊白，這個盜墓專家，不知進入過多少規模宏大的古墓，可是他卻從來也未曾見過那時他見到的奇特景象。

那種景象，令他目瞪口呆不知多久，直到有一股陽光照到了他的身上為止。

陽光？在山腹之中？是的，那石門之內，是一個極大極大的山洞，山洞頂上，有幾處天然的縫隙和小洞，陽光便是從那裏射進來的——這種情形並不罕見，相當普通，通常這種自山洞中，直通山頂的小洞，都被稱為「一線天」，成為勝景。

奇怪的，令到齊白目瞪口呆的是，在那山洞中，竟然建造着一座規模宏大之極的巨宅，雕樑畫棟，飛簷粉牆，應有盡有。在宅子的圍牆外，是一道小河，河水流動。

那自然是那股泉水，引進來之後，再經過地下引出去。

巨宅的兩扇大門、朱漆耀目，兩隻大門環，閃着金光，那當然不是銅，而是黃金。

齊白在呆了許久之後，才一面不由自主搖着頭，一面向前走去。

由於洞頂的縫隙相當多，所以洞中雖然稱不上明亮，可是也絕不黑暗，更令人歎為觀止的是，宅子外，還有極大的空地，栽種着不少樹木，有的且極高大，居然綠蔭婆娑。

齊白一步一步，慢慢地走向門口，朱紅色的大門，絕看不出是公元一三九六年製造的——門上一定不知漆了多少層漆，山洞中的空氣，一定也相當乾燥，所以才能維持得那樣好。

他終於來到了門前，他的整個心靈，充滿了一種虔敬之極的意念。每當他進入一座古墓之際，他都會有這種心情，而這一次更甚。

他抓起了門環，沉重的門環當然是純金的——以皇帝的力量，有什麼做不到的？許多奇蹟都是天下權力集中在一個人的身上所創造出來的。

他注意到，在門環敲上去的門上，也鑲着一片金片，那是為了使門環擊上去，可以發出更響亮的聲音。也可以不會敲壞木門。而齊白可以肯定，門環和金片裝好之後，幾乎沒有被用過。

他又呆了一會兒，過度的震駭，使得本來精明絕頂的他，也有點渾渾噩噩，這時他在想：明太祖在這裏，造了這樣的一幢宅子，目的是什麼呢？

他曾想過，那可能是避難所，但以皇帝之尊，又何至於要避到這種荒山野嶺來？

避到了這裏，過着那麼隱蔽的日子，除了還「活着」之外，一切又和死了有什麼不同？

齊白一面瞎七搭八地想着，一面就把門環敲擊在門上，發出「拍拍」的聲響。他在那樣做的時候，真的希望會有人走出來開門。

可是，當然沒有，他伸手推了推，也沒有小說中的「門原來只是半掩着，應手而開」的情形出現。他後退了幾步，打量了一下，牆不是很高，他輕而易舉翻牆進去，看到門上着栓，他一時衝動——由於所處的環境太奇特，會影響人的情緒，使人做出一些莫名其妙的事情。這時，他走到門後，撥下了門栓，門栓十分沉重，當然是由於木頭質地極好的緣故。

他把門打開，一面彎腰鞠躬，一面大聲道：「萬歲終於來了？請進，請進。」

他這樣說，全然沒有特別的意義，正如剛才所說，只不過是在特異的環境之中，人有做一些特異的事的衝動而已。他一直以為那是明太祖的避難所，所以才會像明太祖來到，他迎接萬歲爺的那種對白。

他當然不是認真的，否則，他至少應該知道，迎接中國皇帝彎腰鞠躬不夠，是要跪下來叩頭的。

齊白說着，感到有一股十分奇妙的快意，可是當他直起身子來時，他整個人都僵住了。

齊白一再強調，那一剎那間他所受到的震駭是何等強烈。

他說：「那時，如果我的眼珠忽然從眼眶中跌了出來，我一點也不會奇怪，因為應該不止那樣，應該是我的胸膛裂開，心從裂口處蹦出來。」

根據他的敘述，他直起身子來之後看到的情形，我絕不認為他的話誇張。

他在說了一句佻皮話，直起身子來時，由於終於找到了這個「秘密工程」，心情極度興奮，可是映入他眼睛的景象，卻使他震呆。

就在門外，站着一個人。

那實實在在是一個人，並不是什麼閃動的人影，那人離他不到兩公尺，看樣子就是站在那裏，等人開門，好讓他進來。

那人的神情威嚴，但是威嚴之中，帶着憂鬱和一股極度的不平之氣，叫人一看就聯想到他過着一種十分不理想的生活。

他穿着一件灰色長袍，頭髮很長，披散着，可以達到肩頭，當然他是一個男人，身形且相當高，這時，他一手撩着袍子的左邊，正準備跨進門來，可是陡然之間看到了齊白，他也震呆，皺着眉，上下打量着齊白。

齊白像是傻瓜那樣呆立着，那人打量了好一會，才露出了怒容來，用極嚴厲的聲音斥責：「你是什麼人，居然敢站着？」

齊白本來就驚呆之極，但他畢竟有相當豐富的處理非常事故的經驗，在那大約一分鐘的時間內，他先使自己鎮定了下來，接着，恢復了理智，立即想到，他不是第一個發現這個秘密所在的人，另外有人可能早就發現了，那就是站在面前的那個人。

這時，巨宅的門打開着，齊白自然也可以看到進山洞的暗門，他進來之後，看到了巨宅，發了好一會呆，但是在他走向巨宅時，曾轉過身來，小心把暗門關上，可是這時暗門卻半開着。

他立即假設了這樣的情形：那人早就發現了這所巨宅，剛才自己來到的時

候，他正好外出，而在自己開門時，他恰好回來。

他爬牆進去，拉開門栓，打開門，彎腰説話，只不過一兩分鐘，那人恰好在這時推開暗門走進來，自然大有可能。由於那人突然出現，太出乎意料之外，所以他才會一見到門口站着人時，驚駭到了這種程度。這時既然想通了，當然不再驚惶。

他對於眼前這個人，能夠找到那麼隱秘的所在，心中也大是欽佩。可是那人的神態，和毫不客氣的責斥，又使他十分反感，他一開口，講話也不是十分客氣：「不站着，難道還要下跪不成？」

齊白本來只是針鋒相對，隨便説説的，可是又誤打誤撞，碰了個巧得不能再巧。

各位讀友，齊白這時遇到的那個人，自然就是自稱建文帝的人了，他雖然在十萬大山避難，但是皇帝的氣度還是存在的，一聽得齊白這樣反唇相譏，他首先想到的是什麼呢？

對了，一點也不錯，他想到的是：齊白是他四叔明成祖派來的大內高手。

不管他躲得多麼好，非把他找出來砍頭不可的當今明朝皇帝，還是派人找到了他。

所以，接下來發生的事，簡直是莫名其妙，一塌糊塗，亂七八糟，不知所云，比任何荒謬劇還要荒謬一萬倍，甚至比那個「李自成」見了良辰美景，就要把腦袋交給她們，更其荒謬。

那人一聽齊白膽敢這樣說，先是一怔，接着大叫一聲：「終於找到我了。」

一面叫，一面轉身向外就逃，齊白也想不到他會有這樣的反應，先是怔了一怔，後來一看那人快逃出暗門，才大叫一聲，隨後便追。

等到齊白縱身一躍，撲向那人，把那人壓在地上時，已經出了山洞的暗門，那人陡然叫了起來：「有太祖遺詔在此，四叔不能殺我。」

（齊白敘述到了這裏的時候，講了一句粗話，接着，因為白素也在，他又紅着臉向白素道歉，他說：「他講的那句話，誰要是一下子能聽懂了，誰就不是人。」）

（確然，我同意齊白的見解。）

齊白一怔：「你的四叔要殺你？什麼太祖遺詔，亂七八糟的？」

那人還被齊白壓在身下，一疊聲地叫：「造反了，造反了，太祖遺詔，早看出有人會造反，才建了這所行宮，給朕在急難時，可以有避難之所。」

齊白只感到一陣透心涼，這個人竟然自稱「朕」，他想罵，可是又罵不出來。

第九部

大明建文皇帝

齊白發怔，忘了用力，那人又用力一掙，把他推到了一邊，半伏在地上，那姿勢也有點俯伏跪叩的味道，那人已經站了起來，指着他：「你奉不奉太祖遺詔？」

齊白幾乎哭了出來：「什麼太祖遺詔？你是誰？」

那人陡然一怔，神情疑惑之至，身子挺了挺：「朕是誰？你又是誰？不是派來……趕盡殺絕的？」

齊白也一躍而起：「我殺你？我殺你幹什麼？」

那人的神情疑惑之極，連連搖頭：「逆賊居然會發善心？不、不，絕不會，方老師不肯奉偽詔，竟遭腰斬，滅十族，這事朕也聽說了。」

那人在這樣說的時候，神情十分認真，齊白忍不住踏前一步，伸手想去按他的額角，看看他是不是在發高燒。

山中瘴氣，熱帶黃熱病的特徵之一，就是患者會胡言亂語。

可是他的手才伸出，那人就「拍」的一聲，把他的手打開，凜然道：「像方老師，才是大大的忠臣。」

齊白這時感到事情愈來愈詭異，雖然他見多識廣，也難免遍體生寒。

他沉聲道：「你說的是方孝孺方老師？」

那人聽到了一個「你」字，一瞪眼，想要發作，可是卻又長嘆一聲：「當然是，你也稱他方老師？」

齊白靈機一動，心想不是發生了什麼事，眼前這個人，行徑言語如此怪誕，和他套套交情，總不會錯，所以他點頭道：「我是他的學生，滅十族，連方老師的學生，都在誅殺之例，得信早的，四下逃散，我一直向南逃，才逃進深山來的。」

那人連連嘆息：「祖宗社稷。」

齊白看出那人氣度不凡，他雖有點知道，但卻絕不願承認，所以他戰戰兢兢，試探着問：「尊駕感嘆國事，心情沉痛，又稱奉有太祖遺詔，尊駕是——」

那人儼然道：「朕是太祖長孫，大明建文皇帝。」

齊白一問，倒問出了那人的真正身分，可是接下來該怎麼做，饒是他機智過人，這時也只好搔耳撓腮，沒做道理處。

建文帝這時，已恢復了皇帝的威嚴，和剛才逃命時的狼狽相大不相同，一聲陡喝：「還不見駕？」

齊白心中發虛，被他一喝，不由自主跪了下來，口中學着戲台上見皇帝的禮儀，叫道：「草民齊白見駕，願吾皇萬歲——」

他叫到這裏，一想不對，管他是什麼皇帝，現在早就死光死絕了。

（我聽到這裏，大喝一聲，想要取笑齊白幾句，可是笑得一口氣嗆不過來，連連咳嗽。連白素那麼穩重的人，這時也不禁笑個不停。因為齊白的遭遇，實在是太古怪了，古怪到了不知所云的地步。）

（齊白長嘆一聲：「別笑，別笑，當時我也想笑，可是接下來發生的事，卻使相信這個人，真是大明建文皇帝，他當然死了，那是……他的鬼魂。」）

（我止不住笑，白素已按着胸口：「對不起，請你說下去，我……不再笑。」）

（齊白盯了我好一會，直到我不再笑，只是喘氣，他才繼續說下去。）

他一想到不論是什麼皇帝，都必然已死，自己還叩什麼頭，叫什麼萬歲，他暗罵自己荒謬，一躍而起，這時，他只道自己受了捉弄，還沒有想到對方是鬼，所以他很惱怒：「你裝神弄鬼，在玩什麼花樣？」

那建文帝十分惱怒，瞪着齊白，齊白也還瞪着他，那建文帝卻又有點怯意（這個落難皇帝，當然不是什麼有才能的人，齊白要對付他，其實綽綽有餘），道：「你不信朕的身分？」

齊白雙手交疊，放在胸前：「不管怎樣，你能發現這裏，也不容易。」

那建文帝漲紅了臉：「什麼發現這裏，離開京城之後，我一直居住在此。」

齊白「哦」了一聲：「住了多久？」

這一問，令建文帝陡然一怔，神情在剎那間，變得惘然之至。那是一個很普通的問題，任何人都可以一下子就回答出來，可是那人皺着眉，苦苦思索了足有一分鐘之久，仍是一片惘然，反問齊白：「多久了？」

這時，齊白不禁感到了一股寒意，他後退了一步，仔細看着那人，看來看去，那自稱是「大明建文皇帝」的人都是人，但是一個字，自齊白的心底深處升起，到了明知荒誕，可是卻再也不可遏止的程度。

那個字是：鬼。

他不由自主，機伶伶地打了一個寒顫：「如果你是大明建文帝，那麼，你是怎麼到這裏來的？」

那人用力一頓足，恨恨地道：「那還用說，都是齊泰、黃子澄誤國。李景隆枉為征虜大將軍，失誤軍機，逆軍臨城，竟然開城降逆，要不是太祖高皇帝早有預見，在宮中修了通向城外的地道，朕早已命傷逆賊之手了。同行者一百餘人，分成十二批南下，途中飽經艱險，方始來到了太祖高皇帝幾年之前，命人修築的這座秘密行宮之中，屈指算來，已有……已有……」

他時而慷慨激昂，時而憤然不平，時而感嘆萬千，講到這裏，神情又復惘然：「已有多久了？」齊白一面聽，一面身子把不住發抖。那「建文帝」所說的，前一大半，都是明朝歷史之中，眾所周知的事，普通之極。

可是自「同行者一百餘人」起，所說的每一句話，卻又是歷史上從來也不

為人知的奧秘。

隨便齊白怎麼設想，他都無法想像眼前發生了什麼事，他只覺得詭異莫名，所以身子才會把不住發抖，他勉力定了定神，才道：「你自南京逃出的那年，到現在已過了五百八十二年，你說你在這裏住了多久？」

那「建文帝」陡地一震，剎那之間，神情可怕之極，眼睛像是要從眼眶中直跌了出來一樣，額上青筋綻得老高，厲聲道：「你胡說什麼？五百八十二年？」

齊白嘆了一聲：「是的。」

那建文帝的聲音更是尖厲：「我豈有這等高壽？你說我……我怎麼會？」

齊白嘆了一聲，心想人變成了鬼，自己還不知道，這種事情也是有的，反正總要叫他知道，不如就對他直說算了。

齊白在盤算，怎樣說才能委婉一點，不至於太刺激那隻鬼，他同時也想起了許多筆記小說中記載，人不知道自己變成了鬼，照樣活動，別無異狀，一旦知道了，立時變成了死人，仆地不起。

如果發生了那樣的情形，那麼這個「建文帝」，死了至少超過五百年，他一仆地，只怕就是一堆跌得散了開來的白骨。

（我早已說過，接下來發生的事，亂七八糟，一塌糊塗之極，齊白那時有這樣的想法，自然不足為奇。）

他想伸出手去，按在對方的肩頭上，以令對方鎮定一點，可是皇帝的龍體，顯然不能讓人隨便亂碰，那「建文帝」很是不悅，面露憤怒之色，一下子將他的手拂了開去，喝道：「規矩點。」

齊白苦笑，作了一個手勢：「你自然沒有如此高壽，一定……早已……歸天了。」

那「建文帝」又是陡然一震，齊白連忙後退了幾步，生怕他突然之間變成了一蓬白骨，四下亂濺。

等了片刻，人仍然好好的是人，只瞪大了眼，十分惱怒，他道：「胡言亂語，該當何罪。」齊白嘆了一聲：「你說有百餘人和你同住在此，他們在何處？」

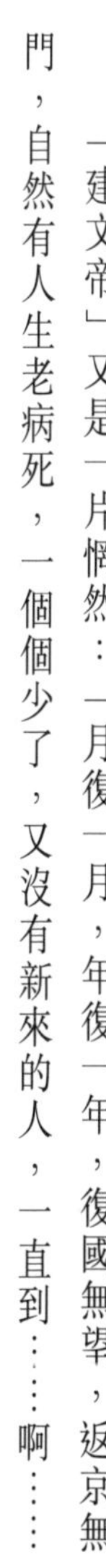

「建文帝」又是一片惘然：「月復一月，年復一年，復國無望，返京無門，自然有人生老病死，一個個少了，又沒有新來的人，一直到……啊……啊……」

他本來是以十分傷感的語調在感嘆的，說到一半，突然發出了淒厲之極的三下叫聲來。

那三下叫聲，把齊白嚇了一大跳，倒也罷了，接下來發生的事，雖然齊白膽大到可以經年累月在古墓之中打轉，但是也一想起來，就不免冷汗直冒——這多半也是他上次來我這裏時，嚇得失神落魄的主要原因。

那「建文帝」叫到了第三聲，突然一伸手，緊緊抓住了齊白的手臂，神情可怕之極，雙眼突出，汗涔涔而下，他抓得十分有力，可是齊白由於害怕，也不覺疼痛。

齊白在那一剎那間所想到的是：自己被一隻鬼抓住了，那是一隻死了五百年的老鬼。

他雙手亂搖，喉際「咯咯」作響，幾乎連氣都喘不過來，不知如何才好。

就在那時，那「建文帝」更以撕心裂肺的聲音在慘號：「我終於也死了！我死了！一代至尊，在荒山之中。」

他的叫聲，在整個山洞中，響起了陣陣回響，剎那之間，齊白只覺得陰風陣陣，恍惚之間，像是不知有多少鬼魂，在跟着他一起號叫。

齊白也不由自主大叫起來：「你的死不關我事，你早已死了，至少死了五百年。」

他也不知自己是哪裏來的勇氣，一下子掙脫了「建文帝」的手，反倒用力抓住了他的肩頭。

齊白用力搖着：「你鎮定一下，人沒有不死的，死了變鬼，能像你這樣……魂魄凝固……宛若生人的……真是罕見之極……那又有什麼不好，何必悲號？」

齊白這時所說的什麼「魂魄凝固，宛若生人」等等，自然是鬼話連篇，可是在這樣的情形下，他還能說些什麼呢？他能想出這樣的話來說，已經不容易之至了。

只見那「建文帝」聽了，臉色死灰，身子簌簌發抖，口唇也顫動着，在他的口中，發出斷斷續續的聲音來：「我身死已久……已五百年之久。不知大明天下，如今是什麼人當道？」

齊白苦笑：「明朝早已亡了，唉，說來話長，你現在等於與天同壽，我看你是天下第一奇……奇……」

本來，「天下第一奇人」的稱呼，可以說當之無愧，可是齊白認定了眼前那個不是人而是鬼，自然不能稱之為奇人了。而如果稱為「奇鬼」，又不知鬼靈是不是有什麼忌諱，很怕馬屁拍在馬腳上，所以一時之間，竟不知如何說才好。

那「建文帝」這時長嘆一聲，又從頭到腳打量了齊白一下，搖着頭：「五百載，世風必已大變，你這一身服飾，算是什麼？你頭髮何以如此之短，莫非是罪囚之徒？」

古時把頭髮剪短，是刑罰之一，稱作「髡」刑，齊白是知道的，他向那「建文帝」一看，只見他的頭髮比常人長些，但也未及古人的標準，而且也就是這樣亂糟糟地披散着，看起來不像有什麼皇帝的氣派，他忍不住道：「你自己的頭髮也不比我長多少。」

「建文帝」像是吃了一驚，忙伸雙手去摸頭髮，一摸之下，神情更是大驚，牙齒相叩，發出「得得」的聲響：「怎……怎麼會這樣？這……還成何體統？」

齊白反倒安慰他：「曾有記載說你曾削髮為僧，或許……自那時起，便剪了頭髮？」

那「建文帝」的神情徬徨之極，那種無依無靠的淒苦，絕不是造作出來的，叫看到的人，同情之心，油然而生，可是卻又不知道如何安慰他才好。

只見他雙手抱住了頭，身子慢慢蹲了下來，一直到整個人蜷縮一團，在那裏強烈地發着抖，齊白在這時，忍不住在他的手背上拍了兩下。

這一下動作，又令齊白疑心大起，在拍了兩下之後，又伸手在他的手背上，輕輕一按，觸手處分明暗暖如同活人，一點也不像鬼魂應有的冰冷。

齊白更不知道自己究竟遇到了什麼，也就在這時，那「建文帝」抬起頭來，一臉苦澀：「唉，我無法知道究竟發生了什麼事，也不知自己是人是鬼。不過我太祖高皇帝既然安排我一直住在這裏，我也唯有在這裏住下去，你既然來了，也算有緣，請進來一敘。」

那「建文帝」說着，看來十分艱難地站了起來，齊白想要去扶他，卻又遭到他的拒絕。

他向內走去，齊白在後面跟着，不到三分鐘，齊白就絕對可以肯定，那自稱「建文帝」的，絕對是這座古宅（或這個古墓）的主人。

齊白是盜墓專家，對古建築物有相當程度的研究，可是即使以他專家級的程度，進入了一所陌生的古宅，也必須有一個摸索的階段，絕不能夠一上來就熟門熟路。

何況這所古宅，不但迴廊曲折，造得十分隱蔽，而且還有許多意想不到的暗門暗道，那更要大費周折，才能夠弄得清來龍去脈。

可是，那「建文帝」大踏步極快地向前走着，該轉左就轉左，該轉右就轉右，一點猶豫也沒有。更看得齊白目瞪口呆的是，他順手在牆上或柱上一按，齊白連機關掣鈕在哪裏，都還沒有看清楚，暗門已打開，有一扇暗門，是在一根一人合抱粗細的圓柱之中，設計之精巧，連齊白這樣的機關專家，也讚歎不已。

當他跟着「建文帝」走進圓柱，經過了一個窄窄的通道，忽然開朗，又到了一個堆滿了玲瓏透剔的假山石的院子中時，他不禁由衷道：「這……宅子的秘道，建造得那麼妙，只怕大內錦衣衛的高手，就算找到了這裏，閣下也可以安然無恙。」

齊白這樣說，是由衷地對這古宅的稱頌，他再也沒有想到那「建文帝」對「錦衣衛」這三個字的反應，會如此之強烈。

〈明朝自洪武年起，皇帝的親軍有十二衛，以「錦衣衛」最重要，明成祖更把親兵擴充到二十衛。〉

那「建文帝」本來是大踏步在向前走着的，一聽到齊白那樣說，先是陡地停住，然後，緩緩轉過身來，臉色鐵青，那巨宅處在一個大山洞之中，在屋內，光線不見昏暗，但此際恰好來到了一個小院子中，所以可以看到他驚怒交

加的神情。

他已怒得說不出話來，只是伸手指着地上，手指在微微發抖。

齊白一時之間，不知他這個手勢是什麼意思，反倒問：「怎麼啦？」

直到這時，那「建文帝」才厲聲叫了出來：「跪下。」

齊白真是又好氣又好笑，又是駭然，他當然不會跪下，只是道：「我說錯了什麼？」

那「建文帝」剛才在喝齊白跪下之際，兀自聲色俱厲，可是這時，身子卻又像篩糠似的發起抖來，聲音嗚咽：「你……竟拿錦衣衛來嚇朕，你……你……」

齊白這才恍然，知道「建文帝」雖然躲在這荒山野嶺之中，但一定也派人出去打探消息（所以他知道方孝孺被腰斬滅十族），自然也知道明成祖，他的四叔，不知派了多少人，遍天下在搜尋他的下落。

其中的主力，自然是「上二十二衛」，而又以錦衣衛為主。

這種大規模的搜捕行動，一定令他許多年來，談虎色變，心驚肉跳，寢食難安，唯恐有朝一日，這個秘密所在被發現。

剛才卻偏偏又提起了「錦衣衛」，所以才令他這樣驚怒交加。

一想通了這一點，齊白首先起了一股妖異之感：這隻……鬼，還真是建文帝，一點不假，不然，不會反應如此強烈，接着，他就苦笑了一下：「對不起，我是無意間提起的。事實上，這裏如此隱蔽，誰也發現不了。」

聽得齊白那麼說，「建文帝」像是放心了一些，但隨即又疾聲問：「你又是如何發現的？」

齊白忙解釋：「我是專才，普天之下，唯我一人而已。」

「建文帝」盯着齊白，臉色陰晴不定：「你……準備終老此處？」

齊白忙道：「能和你在一起……我很榮幸，我可以長期在此，但總要離開的。」

「建文帝」臉色大變，連叫了幾聲：「來人，來人。」

他叫得雖然聲音宏亮，可是在空洞的巨宅之中，除了嗡嗡之聲之外，沒有別的回響。

齊白這時，也不免暗暗吃驚，心想若是應聲奔出十來個錦衣衛來，抓住了自己，「建文帝」又大喝一聲：「推出午門斬首！」那可不是玩的。

所幸「建文帝」叫了幾聲，沒有人出來，齊白才定下神：「你怕什麼？所有要找你的人早已死了，時易事遷，你只不過是歷史人物，就像你……在世之日，看唐太宗、成吉思汗一樣，哪裏還有什麼恩恩怨怨？」

「建文帝」雙手亂搖：「千萬別這麼說，我既然可以還在，叛黨也一定可以在，一樣不會放過我。」

他說得極其認真，語音中的那股恐懼，影響了齊白也感到危機四伏，一不小心，就可以有殺身滅門之禍。

所以他一疊聲道：「是，是，我不會胡亂對人說。」

他這時所想到的是，如果明成祖的鬼，指揮着一大批錦衣衛的鬼，前來捉拿建文帝的鬼，那不知道是一個什麼樣的場面。

由於這種想法實在太荒誕了，是以他不由自主在自己的頭上，重重打了一下，不由自主喘着氣。這時，他也想到了我，這樣的奇遇，他自然會想到我，要說給我聽，來和我商量。

他道：「我至多只對一個人說起。」

「建文帝」厲聲道：「一個也不行我……若是我……還有人可以差遣，定然不容你活着離開此處。」

齊白嘆了一聲：「可是……你死了已經五百年，還有什麼可怕的？」

「建文帝」仍然雙手亂搖，頓足：「總之，唉，從長計議。」

他說着，向前走，不多久，就來到了一間佈置得極其精緻的書房之中。齊白是識貨的人，一看到書房中的擺設，心頭就怦怦亂跳，那一整套明黃色的五爪金龍御窯瓷器，外面根本沒有見過，顯然是專為建文帝這個避難所而設的。

「建文帝」在呆了片刻之後，居然「皇恩浩蕩」，賜齊白坐。齊白坐了下來之後，「建文帝」便問天下大事，可是古怪的是，齊白講了一點點，他就用力一揮手，神情疑惑：「奇怪，這些事我全知道，對了，明祚最後，崇禎皇帝在反賊李自成破京之後，在煤山自盡，接着，便是滿族進關，建立滿清皇朝。」

這一下，輪到齊白目瞪口呆，但是他隨即找到了解釋：這是一隻五百年的

老鬼，老鬼不會一直自困在這古宅之中，說不定雲遊四方，剛才看他的情形，就像是剛外出歸來，那麼，他知道這五百年來，世上發生過一些什麼事，自然不足為奇。

齊白想到了這一點，心中暗自慶幸，心想若是他「下旨」要自己將那五百年的歷史詳細講給他聽，倒也是一件麻煩事。

這時，「建文帝」又皺起眉：「朕餓了，又思飲酒，你且去備來。」

齊白直跳了起來，嚷：「我怎知酒菜在何處？況且你，你……根本是鬼……如何還要進食？」

「建文帝」神情茫然：「感到飢餓，自當進食。」

齊白又是疑惑，又是驚駭：「這宅子那麼大，你可知糧食儲存何處？」

「建文帝」翻着眼：「自有僕役準備，我怎知道？」

齊白苦笑：「你可是自歸天之後，魂魄一直雲遊在外，至今方歸？」

「建文帝」好像連這一點也不能肯定，只是側着頭想，一句話也說不上來，齊白無法可施：「總是你對這宅子熟些，我們一起去找。」

第十部

小桃花源

「建文帝」還老大不願，可是在齊白一再催促之下，再加上他可能也真的肚餓了，所以才勉強答應。兩人——應該說一人一鬼一起在古宅中尋找——

（齊白說到這裏，我就道：「還是兩人，那個『建文帝』，不是鬼，是人。」）

（齊白搖頭：「不管他是人是鬼，他絕對是那古宅的主人，不然，不會對一切暗門秘道，那麼熟悉。」）

（白素提出了折衷的說法：「會不會有人無意中發現了古宅，進來之後，日子久了，就自以為是建文帝？」）

（我和齊白一起叫：「不是，是他進來之後，叫建文帝的靈魂附了體。」）

（這應該是最接近的解釋。）

他們在古宅中尋找食物，那古宅極大，看來「建文帝」對於廚房、倉庫那一帶，也不是十分熟悉（這更合乎他的身分），所以在尋找的過程之中，也頗有趣味，齊白更是如入寶山，古宅中的每一樣東西，都引起他的一陣讚歎，他不止一次地道：「我進過中外古墓無數，沒有比這更偉大的了。」

他又道：「我看，天下除了秦始皇陵墓之外，規模最大的古陵應該是這裏了。」

他說得次數多了，「建文帝」十分惱怒：「你胡說八道什麼？這是行宮，不是陵墓。」

齊白暗中吐了吐舌頭，沒有辯什麼，心中卻在想：住了你這隻幾百年的老鬼，還不是古墓嗎？

一小時之後，他們才找到了儲藏食物的地窖。打開地窖的門，看到的全是方整整，一尺見方的白蠟，搬出一塊來，打破了蠟封，裏面是油布包紮，解開油布，就聞到了肉香，竟然是保存得極好的肉乾。

不多久，他們更發現這食物庫中，各種果乾之多，叫人歎為觀止。有一隻大罎，拍開之後，全是清油，至少有上千斤，還有幾列小罎，拍開封泥，酒香四溢，齊白捧起來就喝了一大口，香醇無比，竟不知是什麼酒。

這時候，齊白手舞足蹈，胡言亂語，高興得忘其所以。

「建文帝」以帝皇之尊，自然不會下廚烹飪，於是煮食的責任便落在齊白的身上。他到「御廚房」去一看，更是大樂，所有器具，一應俱全，幾把菜刀，也不知是什麼精銅鑄成的，非但不生鏽，而且鋒利無比。

齊白索性賣弄，又在宅內外打了一個轉，發現一片竹林之中，可掘嫩筍，幾片草地之內，夾雜着不少野菜，甚至有禽鳥來往，看來若要在此久居，大可飼養牲畜，以供食用，儼然是一個小型的世外桃源。

他就這樣，和「建文帝」在那古宅之中，共度了三天，他幾乎沒有離去的念頭，「建文帝」也由於忽然有了一個說話的對象，而顯得十分興奮。齊白聽他談當年的種種事情，如何廢周王、齊王、代王等等，如何燕王南下奔喪，如何明太祖對付功臣，這些，全是史有明文，齊白也都知道的。

但是宮中的生活細節，太祖高皇帝動輒生氣，尤其在太子死後，雖然還有許多兒子，但總是鬱鬱不樂，終於決定將帝位傳給皇孫等等情形，連稗史雜記也沒有記載，「建文帝」卻娓娓道來，直如親歷，說到慷慨處，激動無比，說到傷心處，痛哭涕零，那使得齊白更進一步相信，他的確就是中國歷史上那個著名的、下落不明、行蹤如謎的建文帝。

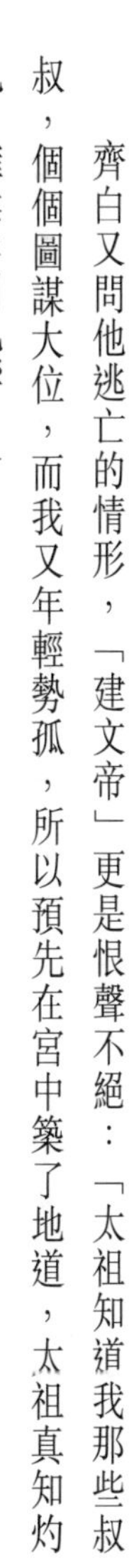

齊白又問他逃亡的情形，「建文帝」更是恨聲不絕：「太祖知道我那些叔叔，個個圖謀大位，而我又年輕勢孤，所以預先在宮中築了地道，太祖真知灼見，確然非同凡響。」

齊白在這時候，頂了一句：「不見得，他如果真是那麼有先見之明，就不該立你做皇帝，你大可享受富貴榮華，也用不着從地道中逃亡。」

「建文帝」聽了勃然大怒，拍着桌子罵：「你說這種話，就該淩遲，滅九族。」

齊白本來想開他一個玩笑，說一句「滅十族又如何」的，但後來一想，眼前這隻「老鬼」一定開不起這個玩笑，所以這句話在喉嚨裏打了一個轉，終於沒有說出來。

聽到這裏，白素微笑，我則忍不住哈哈大笑：「還好你沒有說出這句話來，不然，只怕要上演一部『古宅喋血記』，人鬼大戰，不知誰勝誰負。」

齊白苦笑：「若是我輸了，自然我會變鬼，不知道鬼若被我打死了，會變成什麼？」

我更笑：「古籍中有記載的，鬼死，變成一種叫『聻』，世界著名的鬼故事《聊齋誌異》，有一篇篇名〈章阿瑞〉的，其中就有這樣的句子：『人死為鬼，鬼死為聻』。」

齊白神情迷惘：「這……又是一種什麼樣的存在？」

我笑：「那怎麼知道，連鬼是怎麼一種存在都不知道，何況是鬼死了之後。」

齊白欲言又止，白素向他作了一個鼓勵的手勢，他才道：「我確知鬼是一種什麼樣的存在了，因為我曾和鬼相處。」

我搖頭：「根據你的敘述，那不是鬼，是人。」

齊白也搖頭：「絕對是鬼，不然，他不可能知道那麼多當時宮中生活的細節。」

我道：「或許他是一個歷史學家。」

齊白搖頭：「那不是歷史，全然是生活細節，任何歷史記載都沒有的。」

我嘆了一聲：「那麼，他或許是一個歷史小說家。」

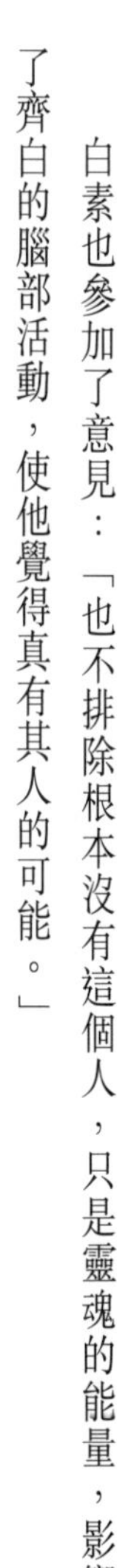

白素也參加了意見：「也不排除根本沒有這個人，只是靈魂的能量，影響了齊白的腦部活動，使他覺得真有其人的可能。」

白素也所說的，正是我對於鬼魂的一貫「理論」，我自然同意，齊白卻搖頭：「那不是幻覺，是實實在在的存在。」

我還想說什麼，他卻已搶在我的前面：「衛斯理，我們在這裏，推測來設想去，有什麼用？不過是三四天路程，去一次，什麼都明白了。」

齊白所說的一切，早已引起了我強烈的好奇心，我早已準備前去那古宅，看看究竟是什麼樣的情形——就算真要我蒙上眼睛，我也會肯，何況這時，我們已經知道了「老鬼」的身分。

齊白自然也可以通融一下，不要我蒙眼了。

我想了一下：「我以你助手的名義進去。」

齊白大是高興：「對，一進去就直赴山區，你放心，你決不會後悔此行，明天一早我們就出發。」

說定了之後，大家都覺得很輕鬆，齊白也沒有再進一步敘述古宅和「建文帝」的一切，因為我快可以實地去體驗這一切了。

他反倒關心起那個「大發脾氣」的人來——那是費力醫生。說起費力醫生，我心裏也很煩，不知道這行動怪異的醫生，究竟在幹什麼，不過我想起了他那個怪異的問題，苦笑着道：「真怪，你來之前……他發脾氣之前，曾問我，有沒有人知道建文帝的下落。」

齊白一聽我這樣說，神情錯愕之極：「這……怎麼那麼巧？難怪他那麼恐懼，真有理由到現在還是有人在搜尋他？」

我大喝一聲：「你想說什麼？」

齊白雙手亂搖，顯然他的心中，思緒極亂：「我想……要是真有……莫非那個費力醫生……是明成祖？」

我嘆了一聲：「愈來愈古怪了，他當然不會是什麼明成祖，他是一個醫生……」

說到這裏，我也不禁遲疑了一下：「真的，他古怪之極矣，他現在專心在從事一項研究，可是卻全然不知他研究的課題是什麼，只知……可能和研究神

經不正常者的精神狀態有關。」

齊白吐了吐舌頭：「單是這一點，已經不知有多少東西可以研究了。」

那一晚，我們的討論到此為止，第二天一早出發，齊白的神態，又變得十分神經質，不是自言自語，而且向我說了幾百次：「你千萬別透露我沒有蒙着你的眼，也不要得罪他。」

他又幾百次叮囑：「到了那山洞外，你總得讓我把你雙眼蒙上才好。」

開始時我還答應他幾下，到後來，簡直懶得出聲。我有我自己的想法——那晚上，我和白素還是再討論了一下，都覺得齊白所說的那個「建文帝」，真是一隻鬼的可能性少之又少，「鬼上身」——靈魂干擾了腦部活動的可能性最大。那種情形，不少精神病患者，也有那種自以為是歷史人物的病症，所以，我們又隱隱感到，「建文帝」和費力醫生也大可能有關，更何況費力那麼奇特，那麼湊巧地問及了建文帝的下落。

開始的一段路程，並沒有什麼可以記述，在殘舊的飛機中到達了一個自空中望下去，一片灰撲撲的城市——城都有生命，是生氣勃勃，還是奄奄一息，最好的觀察角度是居高臨下。

然後，齊白進行了一些手續，我們就開始進山，帶的裝備並不多，因為齊白說：「到了那巨宅，應有盡有，你一定想不到，在多層蠟封之下，過了幾百年，肉乾果脯仍然香味撲鼻，酒，那是真正的陳年老酒。」

齊白又說：「那地方真可以作長久居住，朱元璋為他的孫子設想得很周全。」

我「姑妄聽之」，反正入山不會很深，我和齊白都很有野外生活的能力，帶少點裝備，趕起路來，自然可以輕鬆許多。

入山第二天，就看到了那條灌木帶，從一個小山頭上向下看去，倒真是奇景，那種灌木有着比其他樹木更深濃的綠葉，所以看過去，像是一條其長無比，濃綠色的帶子，一直伸展向前，蔚為奇觀。

我們就沿着灌木帶向前走，第二天晚上，月色很好，我們的興致也不錯，都不想太早休息。夜靜到了極處，每一腳踏下去，踏在草上，都發出「刷」的一下響，走得快，「刷刷」的聲響就急驟，走得慢，聲音就緩慢，四面山影高

聳，在感覺上，彷彿是到了另一個星球一樣。

午夜過後沒有多久，就聽到了潺潺水聲，齊白緊張了起來：「快到了，你把雙眼蒙起來吧。」

我搖頭：「何必那麼早，見到了你所說的那座山崖再說也不遲。」

齊白堅持了一下，可是拗不過我，只好作罷，他像是心事重重，唉聲嘆氣。沒有多久，就看到了那股山溪，溪水在月色之下，閃閃生光，清幽之極，又不多久，就看到了泉源，有一堆亂石在泉源上，據齊白說，那是故意堆上去的，但仍然看不出人工的迹象。再向前看去，前面不遠處，果然有好高的一座山崖，黑壓壓地，像是將整個天地一下子切斷了一樣。

我向前急走了幾步，想奔上那堆亂石頭去，可是齊白卻陡然伸手，拉住了我，他的動作那麼突然，我向前衝出的勢子又急，以致兩人一起跌向地上，我正想叱責他，他已疾聲道：「別響！有人出來。」

我們兩個人跌倒的地方，正好是兩塊大石之間，可以看到那山崖的情形，只見完整的山崖上，有一處地方，露出了一道石門來。

那情景，十足和一些古裝電影中看到的一樣，可是身臨其景，不覺有趣，只覺得詭異。

那暗門不是很大，個子高的人，出入可能還要低着頭才行，果然，門才打開，就看到一個人，低着頭從暗門中踱了出來。

我伸手在齊白的肩頭拍了一下，表示對他的感覺敏鋭深表欽佩，剛才我就完全未曾察覺出有什麼暗門移動的聲響。

那人一出暗門，挺直了身子，看來身形相當高，穿着一件刺繡十分精美，在月光下看來，也覺得華麗無比的錦袍，齊白震動了一下，在我的耳際，以極低的聲音道：「就是他……他找到了存衣服的倉庫，你看看，除了皇帝之外，誰有這樣的錦袍？」

我也用極低的聲音答：「我沒有否認這裏是皇帝的行宮，但不以為他是皇帝。」

齊白沒有再説什麼，只是向那人指了一指，那人向前走了幾步，背負着雙手，昂起頭來，月色之下，看得十分分明，他神情憂鬱，緊蹙着眉，像是有無

限心事，望着明月，發出了一聲長嘆。

那一下長嘆聲中，倒的確充滿了國仇家恨的感慨。我雖然早肯定那是人而不是鬼，但是由於眼前的情景實在太詭異，所以還是忍不住，先向他所站處的地上，看了一下——目的是想看看他有沒有影子。

當然有影子，正常得很，由於月色明亮，所以影子看來也清晰無比。

我碰了齊白一下，向前指了一指，示意他去看那人的影子，齊白瞪了我一眼，壓低聲音：「我早就説過，他是結結實實的。」

我第一次聽齊白説「一隻結結實實的鬼」時，還真不容易明白那是什麼意思。如今，這隻結結實實的鬼，就在我的面前，自然再明白也沒有。

這時，那人在連嘆了三聲之後，忽然發出了一下長嘯聲；其實，我只能猜測那是他在仰天長嘯，事實上，他發出的聲音，十分難聽。一點也不優美，倒有點像喪家之犬的悲嘷。

其所以使人知道他是在長嘯，是由於隨着那一下怪叫聲，月色之下精光一閃，他在身後的手，移到了身前，手中竟然握着一柄精光四射的長劍。

那柄劍一看就知道不是凡品，精光閃閃，奪目之極，在月色之下，更有一股陰純之氣，叫人看了不由自主心頭生寒。

他提劍在手，擺了一個架式，左手捏着劍訣，舞起劍來，倒也中規中距，一面舞，一面還在不斷發出那種難聽之極的嚎叫聲。

約莫舞了十來分鐘，他提起劍來，向身邊一株小樹砍去，「嚓」的一聲，手臂粗的小樹，一下被砍斷。我心中一驚，這柄劍那麼鋒利，要是在一個瘋子的手中，那可不是鬧着玩的。

在小樹斷下之際，那人恨恨地道：「恨不能殺反賊如斷此樹。」接着，他又是一聲長嘆：「可恨太祖高皇帝，南征北討，打下大好江山，竟斷送在我的手裏。」

他恨聲不絕，神情也在逐漸加深痛苦，突然之間，又是一聲大叫，接着一聲長嘆：「真無面目見高皇帝於泉下。」

說着，他雙眼瞪得極大，一咬牙，竟然提起那柄鋒利無匹的寶劍，向自己的脖子便割。

突然之間會起了這樣的變化，我和齊白兩人怎麼也想不到那柄劍如此鋒利，抹上了脖子，就算一時不死，荒山野嶺之中，上哪裏去找醫生？而我們和他相隔至少有三十公尺，想要出手從他的手中奪下劍來，是怎麼都來不及的了。

我不管齊白怎樣想，在這樣的情形下，總是救人要緊，我陡然躍起，一面大喝：「且慢！」

雪亮的劍刃和那人的脖子，相差只有半公分，而他握劍的手，也不是十分穩定。那柄劍看來相當重，正在顫動，那麼鋒利的劍刃，隨便碰上一下，便非皮開肉綻不可，所以我已向前躍出，不容他先發問，就喝道：「太祖高皇帝打下的江山，還是由高皇帝子孫承襲，何恨之有？」

那人手中劍一橫，劍尖直指向我，神情可怕之至，厲聲道：「何方賊子，敢出言不遜？」

我在他面前站定，冷笑道：「還有更不遜的哩！江山歸於一家一姓，這種事早就沒有了，我不管你是人是鬼，也不管你在做什麼夢，也該醒了。」

我的話未曾說完，那人大吼一聲，踏步向前，一劍已向我刺來。在他舞劍之際，我已經看出，這人對於劍術，其實一竅不通，只不過手中揑着劍在亂揮亂舞而已。但饒是如此，由於他手中的劍實在太好，所以當他不成章法，一劍刺來時，仍然帶起了一股寒泓。可以想像，這柄劍如果在一個劍術名家手中，全閃起什麼樣的寒芒。

我在躍向前之際，就早有準備，落腳處，正在剛才被他砍斷的那株小樹旁，樹雖不粗，但是倒在地上的大半截，倒也枝葉茂密。這時，他一劍刺來，我向後略退，一腳把半截樹撩了起來，向那人劈頭劈腦壓了過去，那人陡見一大團東西帶着風劈面而來，嚇得慌了手腳。他在手忙腳亂間，我又已一腳飛起，踢在他的手腕之上，令那柄劍帶起一道寒光，脫手飛向半空。

我看到那人還在雙手亂撥，想把半株樹弄開去，也就不再理會他，轉過身去，看到齊白呆若木雞、臉色慘白地站着，那柄劍已自半空中落下，就插在他的面前，幾乎直沒至柄。

齊白的害怕，不知道是由於他差一點沒給半空中落下來的利劍插死，還是

由於我的行為。我大踏步走了過去，先伸手把那柄劍拔了出來，橫劍一看，忍不住喝彩：「好劍！」

那劍的刃口上，有着隱現不定的劍花，伸手一彈，發出的聲音，悠悠不絕，動聽之極。我自學武以來，對各種東方武術涉及的兵刃，也着實沉迷過一陣，好刀好劍也見過不少，但以這柄劍為最——自然，來自帝皇處的寶劍，必然是真正的寶劍。

我自顧自在欣賞手中的寶劍，沒注意齊白在做些什麼，直到他的大叫聲在我面前響起，我抬頭一看，才看到他已來到了我的身前，臉容扭曲，伸手指着我，氣急敗壞：「你……你看你做了什麼？」

我作勢要用手中的劍，去削他的手指，嚇得他連忙縮回手去。我道：「我雖然冒犯了皇上的龍體，但是剛才你看到，他要抹脖子尋死，不是我，這時，他只怕連鬼也做不成了。」

我這才又把視線移向那人——那人，毫無疑問，就是自稱「建文帝」的那個了。

這時，他一副哭不得惱不得的神情，木然而立，手背上和臉上，都有被樹枝劃破處，隱隱有血絲滲出來。他盯着我看，像是不知道要如何處置我這個犯駕的狂徒，還是要嘉獎我救駕的功勞。

齊白聽到我這樣說，也不禁苦笑，咕噥着道：「真是，要死，當年城破之日就該死了，還留到現在，開玩笑！」

這時，我已絕對可以肯定，眼前這個人，決無可能是鬼，百分之百是人。一隻鬼，再結實也不能結實到這樣子的。

（雖然鬼應該是什麼樣的，我也不知道。）

我向他走過去，沉聲道：「你究竟是什麼人？別再裝神弄鬼了。」

那「建文帝」氣得全身發抖，指着我責問齊白：「你就是要我見這個人？」

我不等齊白回答，就搶着說：「正是，還好我來了，不然，你已然屍橫就地了，你要是現在還想死，我決不再阻攔你。」

我說着，就拉過他的手來，把劍柄向他的手中塞去，他連劍都抓不住，大叫一聲，轉頭向暗門中奔了進去。齊白急叫道：「等一等！」

他一面叫，一面也奔了進去，我拾起劍，也跟了進去，一進暗門，我也不禁驚嘆，齊白曾形容那是一個「極大的山洞」，可是若不是親身來到，絕想不到一個山洞，會有如此之大。

山洞給人的概念，總是一個山洞。我們一進暗門，的確是一個山洞，可是高大寬敞得像是整個山腹全都挖空了一樣，根本不覺得是在山中，而且，山洞頂上有許多孔洞、隙縫，月光透進來，整個山洞中，都有迷迷朦朦的光亮，抬頭看去，倒像是有許多個月亮一樣。

那所巨宅巍然而立，那「建文帝」和齊白，正一先一後，走了進去。

第十一部

巨宅中的異事

我在巨宅前站了一會，視線漸漸適應黑暗，更看出那巨宅建造之精細。那麼大的一所宅子（行宮），無一處不是五百多年前的古物，要說起價值來，那簡直是無可比擬。

不一會，我聽到齊白的叫聲自內傳出來，他在叫我：「快進來。」

我跨進了大門，又發出了一陣讚歎聲，看來齊白所找到的記載，不是怎麼可靠，記載上只說有上千名巧手工匠參加了這個工程，照眼前的情形來看，只怕還不止。「上千名」，究竟是幾千名？三千還是五千？從一磚一瓦的考究程度來看，就算是八九千人，辛苦幾年，只怕難以完成。

所有工匠「下落不明」，上萬的家屬號哭涕流，多少家庭從此破碎；這其中不知有多少血、多少淚，為來為去，只不過是為了一個人避難。

我想到這裏，心中自然而然生出了一股怒意，齊白還在一疊聲地叫着，我陡然大喝：「催什麼！這就來了。」

我的怒意自然也表達在聲音之中，齊白和我很熟，當然聽得出來。我看到他在前面一個偏廳的門中，探頭向我望來，一副不知發生了什麼的樣子。

我向他揮了一下手：「沒有什麼，不關你的事，我只是想起了那幾千個巧手工匠的悲慘命運，有點不愉快。」

齊白苦笑了一下：「那畢竟是歷史。」

我咕噥了一句：「歷史一直在反覆重演。」

我一面說，一面用力一揮劍，本來我不想去砍削什麼，可是順手一揮間，卻恰好砍向一根相當粗的柱子，若是尋常的劍，倒也罷了，那柄劍真是鋒利之極，「刷」的一聲，已削進了柱子幾寸，我一收勢，劍留在柱中，再一運勁，劍身便從柱中透了出來。

齊白也看得咋舌：「好劍。」

我橫劍在手，也看得愛不釋手。這時，那「建文帝」也從偏廳中走出來，手中拿着一個看來灰撲撲，毫不起眼的劍鞘，一副討好的神情：「你要是喜歡，就……當是御賜。」

我伸手接過劍鞘來，還劍入鞘，一時之間，也弄不清楚劍鞘是什麼材料所製，我把劍順手放在一張几上，冷冷地道：「你有權處置麼？」

「建文帝」又驚又怒：「這是什麼話？我貴為天子，普天之下，莫非王土——」

我極快地打斷了他的話：「那你一直躲在山洞裏幹什麼？」

「建文帝」神色難看之極，一伸手，又抓了劍在手，看樣子像是想「御手」親刃我這個叛逆，但他神智倒不糊塗，剛才吃了一次虧，有了經驗教訓，所以，也不敢輕舉妄動，只是盯着我看。

齊白在這時，急得唉聲嘆氣，顯然他不同意我這時的行動，可是我向他狠狠地瞪了一眼，示意他不要干涉，接着，就十分粗魯地伸手在「建文帝」的胸前，用力一推，推得他一個踉蹌，幾乎跌倒，連忙扶住了一根柱子，不住喘氣，說不出話來。

齊白雖然曾受過我嚴重警告，可是這時也忍不道：「衛斯理，客氣點，他是皇帝。」

我笑了起來：「對皇帝一定要客氣嗎？宋徽宗被人擄了去，在燒紅的石頭上走路，李後主吃了牽機藥，是怎麼死的？歷史上多少皇帝死於非命，皇帝只

是在有人服從他的時候才有威風，不然，也就是普通人。」

齊白還想說什麼，我不容他開口，就大喝一聲：「就是因為有你這種人，聽到了皇帝兩個字，就先發起抖來，才會有皇帝這種東西出現。」

齊白給我說得出不了聲，那「建文帝」更是臉無人色。

如果他真是建文帝的話，雖然他曾被「反賊」逼出京城，流落荒野，但是保證他也沒有可能聽過這種「大逆不道」的說話！

我轉過身去，伸手指着他，又伸手自他的手奪過劍來：「哪裏說話比較舒服點？」

「建文帝」口唇發着抖，一句話也說不出來。齊白忙道：「到御書——」他本來想說「御書房」，可是一看我神色不善，就立時改了口：「到書房去——那裏很適合！」

「建文帝」看來也慌了手腳，連連點頭，我心想這個——不論如何，性格和歷史上記載的建文帝倒有點相似，絕不是一個能幹的人，難怪當不了幾年皇帝，就非逃難不可了！

齊白到過這裏，由他帶路，「建文帝」走在中間，我押後。

本來，我有話要對「建文帝」說，在哪裏都是一樣，但是我對這古代君主，也充滿了好奇，想好好看一看，能到處走動一下，自然可以好好觀察。

迴廊曲折，走了沒有多久，掀起一堂珠簾，已進了書房。這書房中的陳設，曾令見多識廣的齊白也歎為觀止，自然也看得我眼花撩亂，「建文帝」來到書房之中，彷彿恢復了自信心，在案後坐了下來，我則老實不客氣，一縱身坐上了「御案」。他翻着眼，拿我沒辦法，只是用十分怨怒的眼光，盯了齊白一眼，令齊白的神情尷尬之至。

我居高臨下望着他，在氣勢上先佔了優勢，我順手拿起一方翠玉紙鎮，在手心中輕輕拍着。那是絕佳的翠玉，提在手中，那種輕柔滑膩之感，難以形容，只有最好的美玉才能給人這種感覺。

我盯着他，一字一頓：「你自己也知道，你是人，不是鬼。」

他本來神情又驚又怒，可是聽到我這樣說，他陡然震動，剎那之間，神情變得茫然之至。

本來，只聽齊白敘述，我已經認為那「建文帝」是鬼的可能甚小，是人的可能較大，但也不能完全肯定他是人而不是鬼。

可是，到真正見到了他，我卻可以肯定，這是人，不是鬼——我曾把手放在他的臉部，他呼出來的氣，甚至是溫熱的！

明明是人，不是鬼！

可是肯定了他是人之後，疑問卻更多。

他自認是「建文帝」，這可以說他是一個瘋子。但一個瘋子，怎能發現那麼隱秘的所在——這個所在又恰好正是建文帝的避難之所！

所以，我還是比較傾向於一個假設：建文帝的靈魂進入了他的身體。或者說，建文帝的靈魂干擾了他腦部的活動，俗稱「鬼上身」，就是這種情形！

那「建文帝」聽到我的責問之後，反應的奇特也在我的意料之中，因為一個人的腦部活動如果受到了某種外來力量的干擾，他自己是處於全然不知道的狀態之中。我曾有過這樣的經驗，記述在《茫點》這個故事之中。許多被外來力量干擾了腦部活動的人（包括著名的南極探險家張堅的弟弟張強在內），都做出了全然不由自己控制的種種可怕行為，像這人自以為是歷史上的一個皇帝，已經可以說溫和之至了。

我再重複一句：「你是人，不是鬼！」

他喃喃自語：「我……是人……不是鬼！」

我再說：「你是人，所以，你絕沒有可能是建文帝，你看來三十來歲，是一個現代人，你不可能是五百八十多年前失蹤的皇帝！」

他的神情更惘然：「我……我……」突然之間，他收了口：「朕——」

我就在等這個機會，他才說了一個「朕」字，我就揚起手來，一個耳光打過去，「拍」的一掌，重重摑在他的臉上。那一掌，我用的力道相當大，打得他的頭陡然向旁一側，他本來是坐在椅子上的，頭向旁一側的力道十分大，使他連人帶椅一起跌倒在地上，發出了「咕咚」一下巨響。

齊白並不知道我會有這樣的動作，嚇得陡然怪叫起來，手足無措。

我之所以這樣做，是由於在《茫點》這個故事之後，我和梁若水醫生，以及好幾個精神病專家詳細談過，他們都說當人的情緒在激動、狂亂的時候，被

重重摑上一個耳光，有相當程度的鎮定作用，由於臉部的三叉神經和大腦作用有某種程度的聯繫，若加以打擊，可以改變某些腦部活動。

我的想法是這樣：這個人是瘋子也好，是被某種力量影響了腦部活動也好，我施以適度的打擊，就可以使他變得清醒。

這是我的設想，我在他自以為是皇帝，說出一個「朕」字來的時候，施以打擊，時間也拿捏得恰到好處。

可是，不知道是不是我下手太重了，還是那人經不起被打，他跌倒之後，人在案後，我和齊白一時之間，都看不清他的情形，可是過了一會，未見他有什麼聲響發出來，也不見他站起來。

齊白又一次發出驚叫聲，我也有點發怵，身子一橫，自案上躍了下來，看到他仍歪在地上，口角流着血和白沫，他竟被我這一掌打至昏了過去！

齊白這時也來到他的身前，雙手伸進他的肩下，把他扶了起來，放到了一張椅上，他的一邊臉由於被我的一摑，變得又紅又腫。

齊白真的發怒了，他厲聲罵我：「費力醫生罵你的話，我完全同意！」

我冷冷地道：「你不必緊張，他很快就會醒過來，醒來之後，他就會清醒，不會再認為自己是什麼皇帝！」

齊白甚至是聲嘶力竭在叫：「你完全漠視現實！這個人根本就是建文帝！他知道過去的一切，也知道這個秘密的避難所在！」

這一點，也是我種種推測中，最難解釋的一點。我道：「或許他是先發現了這裏，才以為自己是建文帝，更有可能，請承認靈魂的存在，我也希望這一掌，可以把靈魂自他腦中驅出去！」

在我說話的時候，齊白用力在按着那人，輕扣着他的太陽穴，不一會，那人閉着的眼睛，眼皮輕輕顫動，終於張開眼來，眼神散亂、惘然，一副迷惘之極的神色，口唇發着抖，自喉際發出「啊啊」的聲響，更可怕的是，當齊白扶着他坐直身子時，他的口角竟然流下了一條長長的口涎來！

那人這時的樣子，任何人一看，就可以看出，那是一個毫無希望的瘋子！

齊白陡地吸了一口氣，用冰冷的目光，向我望了一眼，就雙手托着頭，坐了下來，一句話也不說，向我表示極度的不滿。

看到了這種情形，我也不禁心下犯疑：剛才那一掌是重了些，可是，也總不至於把一個正常人，打成了瘋子！我只好假設他本來就是瘋子，一掌打上了去，把他發瘋的形態改變了一下！

我來到他的面前，他雙眼發直，直勾勾地望定了我，我伸手在他的面前搖了搖，他眨着眼，可是一副木然，反應遲鈍。

我問他：「你是什麼人，現在你知道了？」

那人一點反應也沒有，口角的流涎愈流愈長，看了令人噁心。我連問了幾遍，那人一點別的反應也沒有，只是偶而在喉間發出「嗬嗬」的怪聲，皇帝的威風自然半分不存在！

對着這樣一個無反應的瘋子，我也不禁無法可施，齊白冷笑着：「你比殺人兇手，也差不了多少！」

在如今這樣的情形下，我實在也無法為自己作什麼辯護，我吸了一口氣：「不論在這個人的身上發生過什麼事，但是這是一個人，不是鬼，這一點總可以肯定！」

齊白仍然語言冰冷：「用夾板的方法，也可以把駝子夾直！」

我不和他爭辯：「把他弄出去，交給精神病醫生作詳細檢查！」

齊白的神情十分激動，我不等他開口，就道：「你別胡思亂想，在這個人的身上，究竟發生過什麼事，我還不能確知。但是，他決沒有可能是一個五百多年前的皇帝，也不會因為我的一掌，而由一個皇帝變成了白癡！」

齊白又盯了我半晌，才嘆了一聲：「你，衛斯理，除了破壞之外，什麼也不會！」

他這樣說未免太過分了，我怒道：「你這盜墓賊，講話的時候，先按按自己的胸口，看看心還在不在！」

齊白竟然十分認真，真的把手按在胸口，過了一會才道：「一半是破壞，還有一半……天知道！」

他這樣改正了剛才的那句話，自然是在向我道歉，我也不為已甚，就此算數。

我和他合力把那人扶了起來——那人連話也不會說了，當然不再自稱

「朕」，似乎也沒必要再把他當作「建文帝」。他十分聽話，扶起之後，站着一動不動，連眼珠也不轉動一下。

齊白苦笑：「把他帶出去看精神病醫生？」

我沒好氣：「你喜歡在這裏陪他，盡忠報國，也無不可！」

齊白惱怒道：「這是什麼話，我當然和你一起行動！」

我打量了一下書房，又看了看在几上的那柄寶劍，單是在這間書房中，就觸目皆是價值連城的寶物，真使人有點捨不得離開！

但是，要是叫我就在這古宅之中過日子，那麼寶物再多，也不構成吸引的原因。

齊白的神情也很遲疑：「衛斯理，現在，只有你和我知道這個秘密所在！」

我正在想如何可以把一個看來什麼知覺也沒有的人帶出山區去，所以只是隨口答應了一聲，齊白舔了舔唇，又道：「也就說，要是我不說，你也不說，就永遠只有你我才知道！」

我「啊」了一聲，皺了皺眉：「你想把這古宅……據為己有？」

齊白露出貪婪的神情來，「咯」的一聲，吞了一口口水。我嘆了一聲：「沒有可能，你吞不下的，這裏的物件，你也無法運出去，要是為了這些東西，犯法被抓到青海去墾荒，我看犯不着。」

齊白搓着手，樣子有點發惱：「五年，三年，請你保守秘密，兩年，請你……一年，真的，一年，我只要一年之內，能常到這裏來休息一下，保證不損壞這裏的一切，一年之後，我把一切公開！」

我看了他半晌，點了點頭：「好，一年，畢竟，這裏是你發現的！」

齊白打蛇隨棍上：「是啊，應該屬於我！」

我瞪了他一眼，他作了一個鬼臉，回頭向那人道：「走！我們要離開這裏！」

那人在被我掌摑了一下之後，變得對語言一點領悟能力都沒有，根本就不懂齊白的話，還好，我帶着他向前走，他倒十分聽話。

齊白提議：「這次離開之後，你未必有興趣再來，不好好看看這地方，十

分可惜！」

我也正有此意，當然同意，又怕那人亂走，所以帶着那人一起。齊白來了兩次，對巨宅已十分熟悉。他帶着我到處走，解說着巨宅的結構，以及每一間房間的用途，和這裏積聚的物資的豐富。

在很多情形下，他都指着那個木頭人一樣的人說：「這些和許多宮廷秘史，全是他告訴我的，所以我才毫無保留地相信他真是建文皇帝！」

我心中也十分疑惑，在「參觀」的過程中，譬如說，到了一個華麗的大殿中，那人的木然神情，多少會有一點變化，在他惘然的神情中，會有一種異樣的表情，像是正努力在追憶什麼，可是又想不起來，那就使得他神情更迷惘。

到快看完整個巨宅時，我陡然想起一件事，立時問齊白：「他曾說，逃到這裏來的時候，有一百餘人？」

齊白點頭：「他確然這樣說過。還說……有陸續死亡的，而他對自己是什麼時候死，卻記不清楚了，一提起來，就像現在這副德性。」

我深深吸了一口氣：「那麼多人死了之後要落葬，他可曾說葬在什麼地方？」

齊白「啊」的一聲，顯然他一直未曾想到過這個問題，他立時一揮手：「我看，一定也在這個山洞中，我也是，一看到了他，就驚呆太甚，憑我的經驗，一定很容易找得到！」

巨宅餘下的部分，我們只是草草了事看了一下就出了大門，那人十分順從的跟着，完全像是一個嬰兒，這樣子的神經病，看來是腦部受過十分嚴重傷害的人。

出了大門，繞着宅子轉了一轉，那山洞十分大，正中是巨宅之外，四下還有十分多空地。從宅子的圍牆到山洞的洞壁，每一處都超過三百公尺以上——我一進來時就說過，那山洞大得異乎尋常。

在半小時之後，齊白的視線，就盯在一處洞壁上。山洞的洞壁，本就嵯峨不齊，很多處還有泉水湧出，也有陽光射得到處，比手臂還粗的山藤盤虬。

齊白盯着一處看，也吸引了我的注意力，我順着他的目光看去，看到那洞壁上，有看來像是天然，但仔細一看，就可以看出是人工開鑿的痕迹的踏足

處，跟隨着那些可以踏足的突出石塊，可以登上一個突出約有二十公尺的石坪。

由於突出石坪的阻隔，石坪上的情形，就不是很看得清楚。

齊白伸手向上一指，用十分肯定的語氣道：「就在這上面！」

我對齊白的判斷絕不懷疑，他是盜墓專家，哪裏埋着死人，他甚至不必看，單憑第六感覺，就可以知道。他說着，就已急步向前走去，我也快步跟了幾步，想起那個人，回頭看了一下，只見那人正仰着頭，看着那石坪，神情有點怪異。我大聲問了一句：「你想到了什麼？」

那人並沒有回答。齊白也回頭看了一下，悶哼道：「他也許知道自己葬在那上面！別理他，我們上去看看！」

我略為躊躇了一下，實在是由於那人在給我摑了之後，一直癡癡呆呆，不帶着他走，他就木立不動，所以我也不以為意，以為我們攀上洞壁去，他一定會留在原地，不會亂走的。

齊白到了洞壁，立時踏着那些可供踏足的石頭，向上攀去，不會就到了石坪上。一到石坪，齊白就發出了一下歡呼聲，指着洞壁上的一個山洞口，我在那時，向石坪下看了一下。

那石坪大約離地有五十公尺左右，居高臨下看下去，整所巨宅看得更清楚，我看到那人仍然呆立着。齊白不論何時，都隨身帶着電筒，向洞內一照，我就聽到了他一下吸氣聲。

我連忙也到了洞口，齊白手中的電筒不是很亮，可是也足可以看得清洞口的情形。洞並不深，式樣十分奇特，看來一半天生，一半人工。洞是長形的，兩旁都有許多小洞，蜂窩一樣，不下百十個，每一個都呈圓形，洞口都有石碑封着，石碑上刻着字，全是官職和人名。首先看到的一個官銜是「正四品少詹事」，那是負責輔導太子的詹事府中的官員，正合隨建文帝出亡的身分。

我們用電筒向一塊一塊石碑照過去，可想而知，石碑之後，一定是棺木，棺木之中自然是死者的遺體。

第十二部

割頸自殺的行為

我和齊白走了進去，電筒光芒掃到了最後。洞底處，是一個線條簡單的石台，兩旁居然各有一對石獸，一塊巨大的石碑上刻着「大明建文皇帝之墓」的大字。

在大字之下，是「大臣某某、某某恭立」字樣，約莫有十來個人名，可知建文帝死的時候，至少還有十來個和他一起出亡的人還活着。

再看日期，是「建文二十八年春二月」，建文帝出亡是建文四年，可知他在這山洞之中，還活了二十四年之久，想想這種日子，不知是怎麼熬過來的，也真令人有點不寒而慄。

齊白的聲音有點發顫：「他……早死了，他……真的是鬼！」

我叱道：「胡説，他是人！」

齊白的思緒顯然十分亂：「他……是從墳裏……逃出來的？」

我惱怒：「你胡説什麼，那人是那人，死了的是死了的，不相干！」

齊白轉過頭來，盯着我：「也不能説不相干，你自己就説過，死人的靈魂可能干擾那人的腦部活動！」

我感到一片茫然：「為什麼偏偏選中他？」

齊白沒意義地揮手：「如果遊魂要找人上身，不論是誰，總有一個人是偏偏被他揀中的！」

齊白的話提醒了我：「對了，把這個人原來的身分查出來，對了解整件怪事大有幫助。」

齊白卻雙眼發直，望着那些陵墓，樣子和被我打了一巴掌之後的那人差不多。

我知道他是犯了什麼毛病，他是一個盜墓狂，忽然之間，見到那麼多古墓，那就像是酒精中毒的酒徒，忽然見到四周圍全是美酒一樣，會產生不可遏制的衝動！

我連忙伸手拉了拉他的衣袖：「你看清楚，只不過是隨便放在山洞中而已，那根本不是帝皇的陵寢。」

齊白聽到了我的話，可見他的神態，並沒有什麼改變。我是在提醒他，這裏的古墓，沒有發掘的價值，因為人人都可以看得出，那只是草草了事的埋葬，甚至是棺材上堆上一些石塊而已。

可是齊白卻像是愈來愈忍不住，他陡然一揮手：「總得弄開來看看，好歹是個皇帝，總有些奇珍異寶，陪着他下葬的。」

我苦笑：「那大宅中的寶物，你還嫌不夠多？」

齊白的回答理直氣壯之至：「我是一個盜墓人，只取墓中的東西——把珍貴的古物，陪着死人，長埋在地下，那是人類無數愚昧的行為之一，必須打破！那巨宅不是古墓，我不會動裏面的東西！」

我給他這一番歪理，說得啼笑皆非，我看到那「大明建文皇帝之墓」雖然簡陋，但也全是一塊一塊方方整整的大理石砌成的，石工十分精細，砌得嚴絲合縫，齊白身上明顯地沒有大型開掘的工具，倒要看看他有什麼方法把它「弄開來看看」！

我想到這裏，便不再說什麼，擺出一副袖手旁觀的樣子，冷眼旁觀。齊白向我望了一眼，見我不再阻撓，也立時明白了我的意思，向我眨了一眨眼，一副「且看老夫的手段」的神情。

在接下來的半小時之中，我總算真正知道了齊白盜掘本事之高強！

只見他先不知從什麼地方，取出了一個狹長形的工具包——那不算稀奇，很多慣竊都隨身帶有這樣的工具包，但當他解開之後，我看到裏面的工具，都見所未見，大多都十分尖銳、細長。

他取了其中一根細長如筷子的金屬棒，看來像是鑽頭，果然，他將之放在一個手搖的裝置上，揀了一個石縫，開始打孔。

那鑽頭鋒利之極，石粉紛紛落下，不到兩分鐘，已打進約有十五公分。

他連打了五個洞，每一個約莫相隔三十公分，然後，又取出一個皮袋來，打開皮袋。我吃了一驚，連忙道：「你要用炸藥？別忘了我們在山洞裏！」

齊白打了一個「哈哈」：「放心，全世界的爆炸師使用炸藥的知識加起來，也不如我！」

他把棕褐色的粉狀烈性炸藥，小心塞進那些小孔中，然後裝上引線，雷管——他身上這種小小的工具，層出不窮，東抓一樣，西摸一樣，取之不盡一樣，看起來十足在玩魔術。

那一下爆炸聲，即使在山洞之中聽來，也不會比同時開三瓶香檳酒更響，可知齊白真的極精於使用炸藥，計算好了炸藥爆炸的力量、盡量逼向內，那才能更好的起到爆破作用。

而且，在爆炸過後，煙霧也不多，可以立時清楚看到有五塊石頭，已各自凸出了二十公分，而且明顯地鬆動了！

齊白走過去，順手就移下了一塊，這時，我也不禁由衷地佩服他，走過去幫忙。那五塊石頭移開之後，已出現了一個很大的大洞。齊白的電筒向內一照，看到在一個並不很高的石台之上，放着一具十分考究的棺木，墓的空間並不是很大，在棺木附近是一些只有半公尺高的陶俑。

齊白一矮身，從那洞中鑽了進去，全神貫注在研究如何打開棺蓋，我忙道：「齊白，反正一年之內，你隨時會到這裏來，別心急打開棺蓋！」

齊白抬起頭來——或許是我的心理作用，我竟覺得他的雙眼之中，有一股妖異狂亂的光芒，通常，只有亂葬崗上的野狗，吃了死人肉，才會有這種可怕的光芒在眼中射出來！

我心中駭然，但齊白這時所說的話，卻十分有理性：「你不想確定一下，這棺木中是不是有屍體？」

我嘆了一聲，直到現在，齊白竟然還在懷疑那「建文帝」可能是從棺材中逃出來的「老鬼」！

我悶哼了一聲：「你去證明吧，我要到外面去呼吸一下新鮮空氣。」

齊白已經把一件不知是什麼的工具，插進了棺材之下的隙縫中，口中「唔」了一聲。我轉身向洞外走去的時候，聽到了難聽的金屬鋸動的聲音傳出來。

到了山洞外，我自然先去看下面，看到那人仍然木然站在下面。

他的那種神情，實在人人都可以看得出，這是一個十足的精神病患者。而且是絕無希望的那種，簡直已失去了獨自生活的能力！

可是在我掌摑他之前，他卻是一個不折不扣的「皇帝」！我不認為我的一下掌摑，會把一個正常的人打成了這樣子，但是我可以肯定，在我掌摑之前，和掌摑之後，必然有巨大的變化在這個人的身上發生，只是我不知道發生了什麼變化而已！

回頭看，齊白仍然在墓中，看來他正在努力工作，從那個洞中，有閃動的光亮傳出來，閃耀在整個山洞中，看來十分詭異。

我估計要花不少時間，而且，對於結果，我可以肯定——那棺木之中，自然有着屍體，正是歷史上下落成謎的建文帝的屍體！

齊白的發現是歷史考古上的一大發現，可是卻有更多更神秘的現象等我去發現：明明是一個現代人，如何會自認是一個古人？而且，居然也發現了這樣隱秘的一個所在！

我決定再去面對那人，看看是不是能在他的身上，找到一些解謎的線索。我向山洞大聲說了一句：「我先下去了！」然後，我走出石洞，沿着石階下去，一直來到了那人的面前。

離開那人並沒有多久，或是當我又來到了他的面前時，我着實嚇了一跳，他仍然穿着華美之極、繡工極佳的錦袍，可是神情的癡呆，卻又有更進一步的趨勢。

如果根本不知道他是什麼人，第一眼看到他，毫無疑問，會一下子就確認他是一個白癡！

只有白癡才會有這樣癡呆的神情。一般精神病患者，雖然也有癡呆的，可是也很少有天生白癡那種與生俱來的癡呆神情！

我呆了一呆，本來，我還想在他的身上，探出一點什麼線索來，可是如今看到這樣的情形，顯然沒有什麼可能了。我望着他，他也用十分呆滯的神情望着我，我嘆了一聲。

我大是好奇，如果他還有模仿能力的話，那麼就有可能會了解我的話，我一字一頓地問：「你是什麼人？」

他又呆了一會，重複了我最後一個字：「人！」

我又問：「你從哪裏來？」

他又說了一個字：「來！」

一連五六句話，都是這樣。看來，他有一定程度的知覺，但絕不完全，他的語言能力也很低，這一切，都是天生癡呆症的特徵。

一個人天生癡呆，並不稀奇，問題就是何以在不久之前，他會舞劍，會責斥叛徒，會知道那麼多歷史上的隱秘，會知道那麼多帝皇的生活細節和宮中的秘史？何以他會把自己當作一個死了超過五百年的人，是什麼力量侵入了他的腦部？

我長嘆了一聲，在我面前的那個人，也發出了「唉」的一聲響，我並不後悔打了他一個耳光，把他弄成現在這個樣子——如果說這樣是他本來面目的話，那麼這也算是一大發現。因為就算他的智力正常時，他一直自認是建文帝，也根本是瘋子。

我還想到，如果他是一個先天性的白癡，是不是在他身上，會有什麼記號——一般來說，怕白癡亂走，沒有了照顧，都會給他戴上識別的東西，我在他身上搜了搜，卻沒有發現，他十分順從，一點也不反抗，反應如同一個嬰兒一樣。

我的常識告訴我，通常來說，這種白癡，腦部機能的障礙極大，幾乎不能有任何正常的活動！

我側頭看了他一會，他口角流下的涎沫很長，他也不懂得抹。

我估計我下來至少已經半小時，抬頭向上看去，那山洞中還沒有什麼特別動靜。我對於齊白這時在做的事，多少有點厭惡，所以也不去催他，自顧自在附近踱步，設想着當年建文帝，為了逃避追捕，在這個山洞中隱居了二十多年的情景。

五百多年之前，即使是偵騎四出，普天下的大規模搜尋，但由於交通、通訊的不方便，效率和現代相比，自然相去極遠，推測起來，建文帝還是可以離開山洞，在附近出現。

那時候，他一定作僧人打扮，而且曾被人見到過，所以才有僧裝打扮的建文帝，在十萬大山附近出現的傳說流傳了出來。

明成祖當年若是為了怕他捲土重來，曾傾力搜尋他的下落，未免有點小題大作，因為看來他絕不是什麼雄才大略的人，不足以和明成祖爭天下。他竟然想到要自殺，可知他意志薄弱——想到這裏，我忽然機伶伶地打了一個寒顫：他死於壯年，是不是真是自殺的？

我才想到這裏，就聽到上面傳來了齊白的一下叫喚聲，抬頭向上看去。齊白在上面向我揮着手，同時作了一個手勢，表示他立刻下來。

我看到他在下來的時候，腰際多了一個不大不小的皮兜，那自然是他這次盜墓的收穫了，他下來之後，神情有點古怪，先向那人看了一看，脫口道：「你看他的神情，活脫是個先天性白癡！」

我哼了一聲：「他本來就是——看來你的收穫不少？」

齊白連忙拍着皮兜：「你要不要看看，我們可以平分，有點好東西！」

我嘆了一聲：「齊白，你的好東西也夠多了，偷盜各類古墓，就算你能避開種種兇險，畢竟不是很體面的事情，可以收手，適可而止吧！」

齊白翻了翻眼：「我只當沒聽到，你以後也不必說。我知道你不會稀罕什麼，但那巨宅中，有不少瓷像，極其精美，可以替代你被那醫生摔壞了的那尊李白像。」

我搖了搖頭，自然而然道：「如果任由我要的話，我寧願要那把寶劍，我相信那是古劍之中最出色的了！」

齊白一聽，開始像是想笑我也不免貪心——人總有一點貪念，那柄寶劍實在可愛——可是接着，他又露出古裏古怪的神情。

我忙問他：「你弄開棺木之後，看到了什麼？」

齊白「嗯」了一聲：「很普通，作為帝皇，算是十分潦倒，已經化成了白骨，可是……可是……他真是……抹脖子死的，用一把極鋒利的利器割頸，他的頸骨也被割裂了一半！」

我陡然震動了一下——剛才我還想到過這個問題，立刻就被證實，那柄鋒利的寶劍，是不是就是建文帝用來自殺的利器？

我呆了半晌，齊白也發着怔，過了好一會，他才道：「如果建文帝當年是用那柄劍自殺的話，那麼這個人也有同樣的行為，可知他……的行為，完全受建文帝當年的行為所控制，就像……就像……」

他一時之間，舉不出適當的譬喻來，我接了上去：「就像是不同電腦使用了同樣的軟件，所作出的反應，就一模一樣地重複一遍！」

剎那之間，我和他都感到了一股寒意，我的思緒十分紊亂，但我還是在紊亂之中，整理出了一點頭緒來，我想到的是，一個人（任何人）的一生記憶，如果成為一組程式，是一個可以被記錄下來的軟件，那麼，理論上來說，把這種程式輸入另一個人的腦部，這個被輸入資料的人，就會完全照那個程式來生活、思想行動。

問題就是，至今為止，似乎還沒有聽到什麼方法，可以把人的記憶、思想獨立起來成為軟件，也沒有聽說過有什麼方法，可以把一個人的思想記憶，輸入另一個人的腦部之中，而且起作用。

這一類的事，勉強用實用科學來說明，所用的名詞，就像書上一般所寫的那樣，但如果用傳統的玄學方法來寫，就簡單得多，所謂思想記憶在人死了之後的存在，就是靈魂，被輸入的程序，就是靈魂上身，整個過程，簡單之極，就是靈魂進入了另一個人體，自然這個人體的一切言行，都和那個靈魂一樣了！

這種事，在古今中外的非正式記載中，曾有過許多次，不過像「建文帝」這一次，實在太突出！

我一面在想着，神情自然也隨着我所想的而發生變化，齊白是聰明人，一定知道我想到了古怪之極的事，連忙道：「天，你想到了什麼？」

我指着那人，語調肯定：「我可以斷定，建文帝的靈魂，曾進入他的腦部，而且由於我的掌摑引起震盪，使靈魂離開了。」

齊白呆了一呆：「那麼他自己呢？難道他自己本來沒有靈魂？」

我道：「靈魂是思想和記憶，一個先天性的白癡，會有什麼記憶和思想？」

齊白駭然：「你是說，一個白癡受了建文帝靈魂的侵襲，所以自認是建文帝？」

我點頭：「所以，他一直以為自己是真正的歷史人物——他的軀體，和一個機械人差不多，你輸入什麼資料，他就是什麼人，他自以為是建文帝之後，才找到這個隱秘所在，這本來就是他隱居的地方，他有這個記憶，要找這裏，自然不是難事。」

齊白聽到呆了半响，又狠狠地打量了那人一會，才忽然說出了一個十分有用的意見來：「如果是這樣，那麼，他來的時候，身上一定不會有帝王的服飾——思想不能變出實際的東西來，我們可以在那巨宅中好好找一找，把他原來的服飾找出來，那麼，對了解他的來歷會大有幫助！」

我用力在他肩上一拍：「好主意！在那巨宅之中，換下來的衣服，會放在何處？」

齊白側頭想了一想：「自然有專管衣服的太監收起來。嗯，現在當然沒有太監了……他……最可能換在澡房，我知道澡房在哪裏！」

我心中十分興奮，帶着那人向古宅中走去。那人十分順從，他連判別方向的能力都沒有，在需要轉彎的時候，如果不是帶着他，他雖然不至於會撞上去，但一定站在轉角處，不知如何才好。

看到了這種情形，齊白也原諒了我：「唉，看這種情形，他……不是由於你的一掌而變成這樣子的！」

我沒好氣：「我的一掌之力，若是運足了，確然可以使人變成這樣，你要不要試一試？」

齊白臉上變色：「開什麼玩笑！」

但他隨即又嘆了一聲：「他現在這樣，人家看了覺得可憐，但是他自己未必痛苦，比起他做皇帝的時候，我看要快樂得多！」

我聽得齊白這樣講，也不禁大是感嘆：「做皇帝還不如白癡，真的，我看他……至少不會自殺！」

我們一面說，一面向前走，齊白來過兩次，已經十分熟悉了，先找到了寢室，再在寢室旁邊，找到澡房，有一股活泉，流入一個水池中，水十分清澈，一進來，就看到一個角落中，堆着一件衣服。

齊白搶過了一步，把那件衣服拿起來，我和他都不由自主發出了「啊」的一聲。

毫無疑問，這件白袍是醫院的病人服裝，而且更可以肯定不是普通的醫院所用的，因為在衣服的背部，有着一行號碼：「A三二七四」。

那是病人的編號，病人需要有編號，自然不是普通病院，不是精神病院，便是專收留智力有問題的人那種。我更皺了皺眉：這件白袍，我好像曾在什麼地方看到過，十分眼熟！

齊白把白袍湊近了一看，連忙道：「你來看！」

我走過去一看，看到衣邊上，繡着一行小字：「第三弱智療養院」，還有醫院所在的地點，和一行較大的字：「此類病人純屬先天性癡呆症患者，全無思考能力，若發現此類病人，請立即和醫院方面聯絡，電話——」

我感到極其興奮，因為這一個發現使我的推測，向事實推進了極大的一步。

這個人，本來就是一個完全沒有智力的人，絕不是什麼建文帝！

可是，也使我呆了半晌，因為那所醫院，正在我居住的城市，從這裏用最快捷的方法，也需要四天旅程，我絕不認為「建文帝」會有什麼有效的旅遊證件，那麼他是怎麼來到這裏的？

他如何來，問題還不大，現在的問題是，我們如何可以把他帶回去？

我想了一想，就有了答案：和那間醫院聯絡！如果這個人一直是那醫院的病人，醫院方面，一定可以提出確鑿的證據，證明那是他們醫院中逃出來的病

人，那麼，不必經過太複雜的手續，就可以把他領回去了。

我把意思和齊白說了，齊白猶豫了一下：「看來也只有這個辦法了，事實上，這個人才是真正的寶，他一腦子的秘史！」

我悶哼一聲：「你要研究他，可以向醫院借他出來研究，只怕他不能再提供你什麼！」

齊白笑：「我當然不會放過他，我們快到有電話可打的地方去，和那醫院聯絡。」

看看天色已黑，我知道自己再來這裏的機會絕不會多，卻又捨不得那柄寶劍，所以提議逗留一夜再走，齊白自然沒有意見。

當晚，在月色下，我舞弄、撫摸、輕彈那柄寶劍，直到天亮。

第十三部

寶劍的魔力誘惑

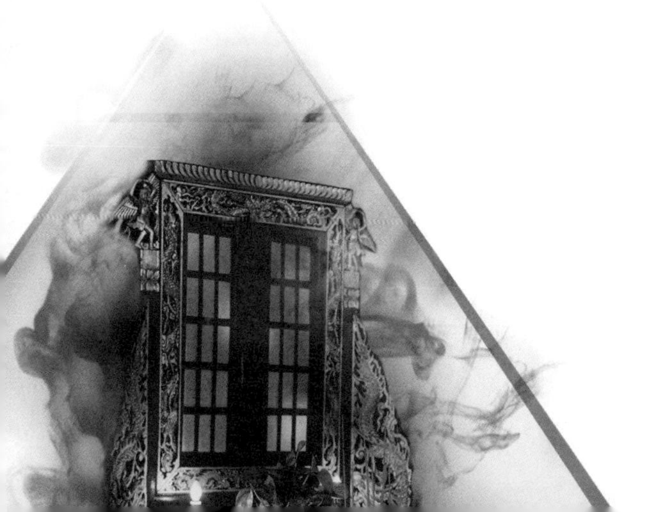

在月色下，在寒夜中，那柄寶劍的劍身，閃着令人心悸的光彩，可是看久了，卻又可以感到在冰冷的寒光中，自有它深藏着的、不輕易顯露的熱情，就像是一個表面十分冷漠的人，而內心有着火辣的感情。

天亮之後，我才還劍入鞘，嘆了一口氣，把劍掛在書房的牆上，我有點埋怨自己沒有把這種無主之物據為己有的習慣。

當我們離開的時候，齊白看出我的情緒不是很好，他提議：「你惦記着那寶劍？這樣，算是我拿了，轉送給你，這總可以了吧？」

我嘆了一聲：「人可以騙別人，但絕不能騙自己！」

齊白作了一個鬼臉，拍了拍他身上的那個皮兜。皮兜並不大，看來只像是放了三磅重的蛋糕，可是我知道，那是他弄開了建文帝的靈柩之後多出來的，裏面自然全是陪葬的物品。他也並不掩飾：「我大有收穫，嗯，一年之後，這所巨宅可以成為一座絕佳的博物館，但只怕管理不善，裏面的寶物，一樣會被人偷盜出來！」

我悶哼了一聲，沒有表示什麼意見，因為我已下定決心不再去想那柄劍——世界上，見到了之後，令人愛不釋手的東西太多了，真正能到手的，只怕連十萬分之一都不到，要是見一樣就要一樣，那麼其人必然畢生在痛苦之中度過！

齊白還在撩撥我：「我會替你留意古董市場，一見那柄劍出現——」

我向着他大吼一聲：「你說完沒有？」

齊白吐了吐舌頭。那個白癡一直和我們在一起，我的大叫聲引起了他的興趣，他也大聲叫：「沒有！」又直勾勾地望定了我。

有那個跟着，回程多花了點時間，到了鎮市，又沒有長途電話可打，直到進了縣城，幾經曲折，才接通了電話。

這時，我的心情也不禁十分緊張，醫院方面聽電話的人倒很負責，而且，這個人雖然無名無姓，但有他在醫院中的編號，等了十分鐘左右，我就聽到了一把相當熟悉動聽的女人聲音：「衛斯理，是你？真是，你好像無處不在一樣！」

我先是怔了怔，但隨即認出那是我所認識的精神病醫生梁若水的聲音，我不由自主，伸手在自己的頭上，打了一下，埋怨自己的疏忽。

梁若水是精神病專家，在我懷疑費力醫生的研究工作和精神病患者有關的時候，我就應該去請教她，她必然能給我適當的指點。

不過，那也不會是我的疏忽，我一直不知道她回來了，而且轉換了服務的醫院，我以為她還在維也納，和昆蟲學家陳島，一起在研究外來力量對腦部活動的影響——我真希望她的研究已經有了成績，因為如今我所遭遇的事，正和這方面有關！

我也不及和她寒暄，急急道：「你在，太好了，你們醫院的一個病人，現在和我在一起，請你們先派人來把他領出來——手續可能很繁複，但請盡快！」

梁若水停了極短的時間：「請你再重複一遍病人的號碼，事情有點……怪。」

我向身邊的齊白和那人看了一眼：「A三二七四。」

梁若水「嗯」了一聲：「如果是這個號碼，那麼這個病人不可能和你在一

起。」

我嘆了一聲，女人固執起來，有時無可理喻，雖然出色如梁若水，有時也在所難免：「請你注意：事實是他和我在一起！你剛才說事情有點怪，請告訴我，怪在什麼地方？」

梁若水的聲音十分猶豫：「這……屬於院方的極度秘密——」

如果對方不是一位學有專長，又十分美麗的女性，我或許語氣會變得很粗，但這時，我的聲音也好聽不到哪裏去：「小姐，我以為只有國防部才有極度機密，想不到精神病院也有！」

梁若水嘆了一口氣：「目的是為了保護病人的家屬，事實是我現在所有的有關這個病人的檔案，也是一片白，只是說明有關這個病人的一切，要醫院的最高負責人才能有權處置！」

我幾乎是在吼叫（電話線路有問題，雜音極多）：「那就快把最高負責人找來！」

梁若水答應了，我又氣又急，等了足有半小時，才聽到她的聲音：「院方說你弄錯了，那病人不會離開，你身邊的那個，不是我們醫院的A三二七四號病人。」

我陡然一呆，也同時想到，是啊，A三二七四這個號碼，只不過在一件醫院白袍上看到，並不是刺在這個人身上。

當然，極有可能，這個病人是A三二七四，但也不能絕對肯定他是！

情形會有這樣的變化，這當真出乎我和齊白的意料之外。

我當然還以為那人是A三二七四，可是在如今這樣的情形下，我自然無法和梁若水再爭論下去，只好道：「打擾你了，我會另外再想辦法。」

千辛萬苦，打了長途電話，竟然會有這樣的結果，我和齊白不禁面面相覷。我們帶着那人，到了一處比較靜僻的所在，商量行止。

齊白指着那人：「醫院方面否認他是A三二七四，只怕其中有蹺蹊，是不是他們想隱瞞什麼？」

我也覺得事情十分怪——梁若水必然會站在我這一邊，這一點可以肯定，所以，在電話裏聽來，她的話，也遲疑不定，那麼，自然是醫院方面有不可告

人之舉了！

要弄明白那是怎麼一回事，在這裏猜測，當然不能解決問題，只要一回去，相信也就不是什麼難事。我和齊白自然可以說來就來，說去就去，可是那白癡，怎麼辦呢？醫院若是不肯出面將他領回去，唯一的方法，就是帶他偷越邊界，再不然，就是讓他回那巨宅去，等事情弄清楚了再說。

我皺着眉在思索，齊白明白我的心思，也望着那人發愁：「他……若還是建文帝時，倒可以在那巨宅中生活下去——」

我沒好氣：「當然，他在那屋子生活了二十多年，可是他現在的情形，只怕在他脖子上掛一塊大餅，他也會餓死——」

講到這裏，我陡然心中一動，伸手指向齊白，齊白也吃了驚，用手指着他自己的鼻子，我連忙道：「你不是很希望在那大宅中多住些日子嗎？先帶他回去，等我的調查有了眉目，再想辦法！」

齊白倒並不是不願意，略為遲疑了一下說：「那……需要多久？」

我想起他要把古宅保留成為私有的時候所說的話，就回答他：「三年！」

齊白哭喪着臉：「他若還是建文帝，三年不成問題，可以聽許多秘聞，現在他是白癡，太久了！」

我笑了起來：「伴君如伴虎，伴一個皇帝三年，只怕很危險，和白癡在一起，安全得多了——當然，那是和你開玩笑的，我快去快回，自己不來，也必然會派人向你傳遞信息。」

齊白想了一想：「為什麼不帶他一起走？」

我苦笑：「帶他偷越邊境要冒險，而且，帶了他出去之後，那麼大一個人，醫院又不認帳，把他往哪兒擱？」

齊白用力一揮手：「他有樣子在，拍了照，登報招人，總有人知道他是誰！」

齊白的辦法相當可行，但我感到，那總是一種累贅，一面搖頭，一面道：「還是你先帶他回去，不會要很久，我就可以從醫院方面，找出他的來歷！」

齊白沒有再表示什麼，只是用力在那人的肩頭上拍打着：「老兄，你叫什麼名字？你當然不是朱允炆先生，你究竟叫什麼名字？」

齊白在不斷問着，那人像是牙牙學語的小孩子一樣，重複着齊白每句話的最後一個字或兩個字，神情茫然，看來天塌下來也不會壓着他的樣子。

齊白總算同意了我的臨時措施，離開了那個小城。我們分了手，他帶着那人仍然向深山去。我囑咐了幾句，也深信他絕對有各種應變的能力。我則搭上了一架一開動會「奏」出各種音響的卡車，一站一站，總算到了有飛機可乘的地方。

我回家的時候，正是黃昏時分，一進門，十分齊全，溫寶裕、良辰美景、胡說全在，語聲笑聲不絕，正不知在爭論什麼，白素則一副置身事外的神情，悠然坐在一角。

我一出現，便是一片歡呼聲，雖然只是兩男兩女（事實上，胡說不是很喜歡說話，他只不過叫了一聲，發出大量噪音的只是三個而已），但也堪稱驚天動地，在震耳的聒噪聲中，我看到白素拿起電話，我連忙向她投了一個詢問的眼色。

白素按着號碼：「梁若水找得你極急！」

我喘了一口氣，雙手一手接過良辰遞來的酒，一手接過美景送過來的茶，各喝了一口：「我也找她，請她立刻到來！把A三二七四的一切資料帶來！」

良辰美景的動作極快，送茶倒酒之間，身形忽閃，紅影亂晃，可是在快速的動作之中，她們還沒有忘了說話：「A三二七四是什麼？」

溫寶裕立時道：「當然是代號！」

良辰美景挑戰地問：「是什麼東西的代號？」

溫寶裕不甘示弱：「可以是任何東西，是一組機件，一架轟炸機，一個秘密基地——」

良辰美景格格亂笑：「梁若水女士，是一個醫生！」

溫寶裕一翻眼：「那就有可能是一個病人的編號！」

良辰美景一邊一個，伏在我的肩上：「是不是？衛叔叔，是不是？」

進門不到兩分鐘，可是那個混亂勁，也就叫人應付得十分吃力，我放下杯子，拍了拍她們的手背：「是，讓我喘一口氣，先休息一下。」

良辰美景笑着，閃身退了開去，紅影倏分倏合，她們已一起擠進了一張單

人沙發之中。我看了各人一下：「事情十分曲折，我和齊白也有很多推想，要等梁醫生來了我才詳細說。」

四個年輕人都大有不滿之色。這時，白素才說得進一句話：「二十分鐘，她能趕到。」

我再喝了一口酒，在白素的身邊坐了下來，忍不住告訴她：「我看到了一柄極好的古劍，我相信那柄劍一定是古代的那幾把名劍之一，鋒利無比，我在月色之下，看了它一夜！」

白素輕輕地問：「現在是誰的？」

她自然在我的語調之中，聽出了我心中對這柄劍的喜愛，所以才這樣問。這些年來，我和白素早已心意相通，她自然也知道，那柄劍要不是出色之極，我也不會這樣說。

我搖頭：「可以說不屬於任何人，也可以說，屬於整個民族的文化。」

胡說平時不怎麼說話，這時卻突然冷冷地道：「如果殺人技術也可以算是文化的話！」

他的話，令我心頭陡然一震，手中的那杯酒，也幾乎濺了出來，同時，不由自主「啊」的一聲，然後，我像是心頭放下了一塊大石一樣；看了那柄劍之後，想要擁有它的意念，本來一直在我心頭盤旋不去，形成了一股壓力，可是就在這一剎那間，欲念消除，化為烏有，心中也有說不出來的輕鬆。

我自然而然笑了起來：「說得好！劍鑄得再好，再鋒利，無非是為了殺起人來可以更快更多，那正是人類劣性的表現，一種愛惜生命的生物，必然不會發展那樣的文化。嘿，這柄劍，一定曾殺過不少人，說不定有什麼冤魂附在上面，所以一看到了它，就會受它的影響，自然而然地着魔！」

溫寶裕看的武俠小說多，自然大有發揮餘地：「當然是。好的劍都通靈，半夜會自己出鞘，會鳴叫；通靈，就是有靈魂在劍中的意思。」

門鈴在這時響起，良辰美景的動作何等之快，門鈴甫響，她們已掠到門旁，打開了門。梁若水走進來，我們一起站立相迎，溫寶裕還在指手劃腳，侃侃而談，不肯稍停一停：「靈魂作為一種存在，可以幾乎依附在任何東西上，孤魂野鬼，夜附草木，人有時會靈魂附體，寶劍上附有靈魂，就是寶劍為什麼

會通靈的原因。」

他講了之後，還向進來的梁若水一揚手：「梁醫生，你說對不對？」

梁若水和屋子中的那四個青少年雖然未曾見過，但自然知道他們是何方神聖，知道並不是好惹的，所以溫寶裕一問，她就笑答：「理論上來說是這樣。」

溫寶裕大是高興，奔過去自我介紹，各人都自己介紹自己，梁若水拉住了良辰美景的手，仔細端詳她們，兩人顯然早已叫人看慣了，所以一點窘態也沒有，十分自然。梁若水讚歎了一聲：「真是生命的奇蹟，請問你們兩位，一個若是想到了什麼，是不是可以通過思想直接傳送而令另一個知道？」

梁若水和陳島在維也納的研究所之中，研究的課題，正是思想的直接傳送。

他們集中精力在研究蛾類昆蟲，因為有好幾種蛾類，異性之間，傳送信息時，信息可以傳出三公里之外，而被準確無誤地接收到。

不過，我一聽到梁若水這樣問，就知道他們的研究工作，看來並沒有多少突破。

她問着，滿懷希望，良辰美景的回答卻是：「不，沒有這種情形，也沒有這個必要，因為我們總是在同時想同樣的事！」

梁若水「啊」的一聲，略有失望，我已經很性急：「那病人的資料帶來了？」

梁若水打開她帶來的那個扁平的公文包，取出一個文件夾來，我接過來打開，裏面只有寥寥數頁，一看到病人的照片，我已經一呆，那是一個又乾又瘦的瘦子，和那個「建文帝」一點不像。

病歷也簡單之至：嚴重之極的先天性白癡，智力程度幾乎等於零，腦部機能嚴重障礙。

我抬起頭來：「這個病人……在醫院？」

梁若水點頭：「我見過他，可是……可是我覺得事情有點不對頭。」

我作了一個手勢，示意她說下去。溫寶裕又來打岔：「你剛才宣布，梁醫生一來，你就說出一切經過。」

我狠狠瞪了他三十秒鐘之久，他才縮了縮頭，不敢再說什麼，可是喉嚨裏還是有古怪的「咕咕」聲冒出來。

梁若水道：「我是在兩個月之前才回來的，進這家醫院也不過一個月，本來絕沒有覺得有什麼不對。接到你的電話之後，我才發現醫院至少有兩個這類智力等於零的病者不知下落。」

我吸了一口氣：「具體情形怎麼樣？」

梁若水想了一想：「這一類病人之中，有幾個是從小就被家人拋棄，被福利機構收留下來，一直養大，後來又轉到醫院來的，這一類病人，無親無故，可以說是世上最孤苦的人。」

我喃喃說了一句：「他們自己由於智力等於零，倒不會覺得痛苦的。」

梁若水遲疑了一下：「他們的智力雖然不全，可是身體發育還是和常人一樣，所以，如果真是不見了幾個的話，就有可能……有可能……」

她說到這裏，露出駭然的神情，又立時補充：「可能是我神經過敏……」

我也不禁駭然，因為我已知道她想到的是什麼了。我連忙道：「梁醫生，我看不會是在醫院中有人作非法的人體器官買賣。」

這句話一出口，屋子中靜了好一會。

人體器官移植手術已十分普通，在白癡身上打主意這種情形，也不是不可能出現，但是我卻不以為在這件事中有這種犯罪情形存在。

梁若水苦笑：「我認為，這個A三二七四不是原來的那個，原來的那個，可能真是曾和你在一起的那個。他是怎麼離開醫院的？何以院方要否認？情形極可疑，我已經查了兩三天了。」

幾個人一起問：「收穫是什麼？」

梁若水搖着頭：「很難說，有兩個或更多的病人不見了——他們的消失，決不會有任何人關心，不會有任何人追究，若是其中一個，竟然可以到了幾千里之外，這十分難以想像——」

她的神情充滿了疑惑，我作了一個手勢：「對整件事，你一無所知，等我講了之後，你或許可以提供十分寶貴的意見。」

溫寶裕雙手摩擦着：「你見到那隻鬼了？」

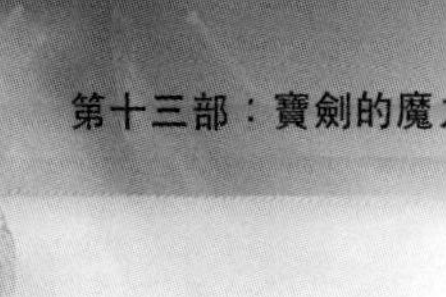

我沉聲道：「我沒有見到鬼，我見到的是一個人。」

接着，我就把和齊白一起的十萬大山之行，詳細説了出來。溫寶裕聽得手舞足蹈，良辰美景聽得嘖嘖稱奇，白素微蹙着眉，胡説連連吸氣，梁若水好幾次想插嘴，都被我作手勢阻止了。

等到我講完——包括了我的分析，梁若水才長長吁了一口氣：「那個人本來就是一個白癡，你的分析很對，忽然有一組屬於五百多年前，建文皇帝的記憶，進入了他的腦部，他就變成了建文皇帝。」

雖然那只是我的推測，但同樣的話，出自一個精神病專家之口，分量自然大不相同。

各人都靜了一會，溫寶裕才道：「好傢伙，這簡直就是鬼上身！」

我用力一揮手：「理論上來説，一個智力等於零的白癡，必然是他腦部有活動，運作上卻有障礙，所以才不能產生屬於他自己的記憶。在那樣的情形下，何以屬於他人的記憶，反倒能進入他的腦中，進行活動？」

梁若水搖頭：「其中必然有一個關鍵性的問題，我還無法知道。」

白素說了一句十分重要的話，或者說，她提出了一個十分重要的問題：「這種情形是自然發生的，還是由什麼力量促成的？」

各人都呆了一呆，我想說什麼，可是一時之間，卻又抓不住要說的話的中心。白素又道：「假設那人是在本市醫院中的一個病人，他忽然會在十萬大山出現，理由十分簡單：建文皇帝的記憶，進入了他的腦部，使他自以為是建文帝，當然會設法躲到建文帝最後幾年避難的地方去。」

我陡然叫了起來：「不管是自然發生也好，是由人促成也好，建文帝的靈魂，上了白癡的身，事情是在本市發生的。」

我叫到這裏，停頓了一下，然後，迅速地向各人掃了眼，舉起手來，用力下沉。就在我的手向下一揮之時，除了梁若水之外，所有的人都叫了起來：「費力醫生！」

我們突然之間，叫出了費力醫生的名字，對我們了解經過情形的人來說，是自然而然的事，因為經過了推測，逐步被揭露出來的事實，最後的矛頭，一定直指向費力這個怪醫生！

第十四部

收集記憶——招魂——復活

在費力的研究所中，還有一個自以為是李自成的神經病者。

費力的研究所中另外應該還有一個失蹤了的人。

費力醫生要向我求教的問題，竟然是明朝建文帝的下落。

費力醫生的研究所中，有着許多不明用途的裝置，不知道究竟他在研究什麼。

費力醫生是一個謎，在許多謎一樣的事情中，他可能就是謎的中心。

更極出人意表的是，當我們一起叫出費力醫生的名字時，梁若水神情訝異莫名，她望着我們，問：「你們認識費力醫生？」

我們以同樣的眼光回望她，她連忙道：「我離開維也納回來，全是為了他。」

我很是興奮，雙手揮舞：「怎麼一回事，慢慢說，慢慢說。」

我感到事情要接近真相大白了，自然難免興奮。

梁若水的神情仍然疑惑：「費力是專家中的專家，他對人類腦部活動有極深刻的了解，尤其在腦電波測定的研究上，是公認的權威。」

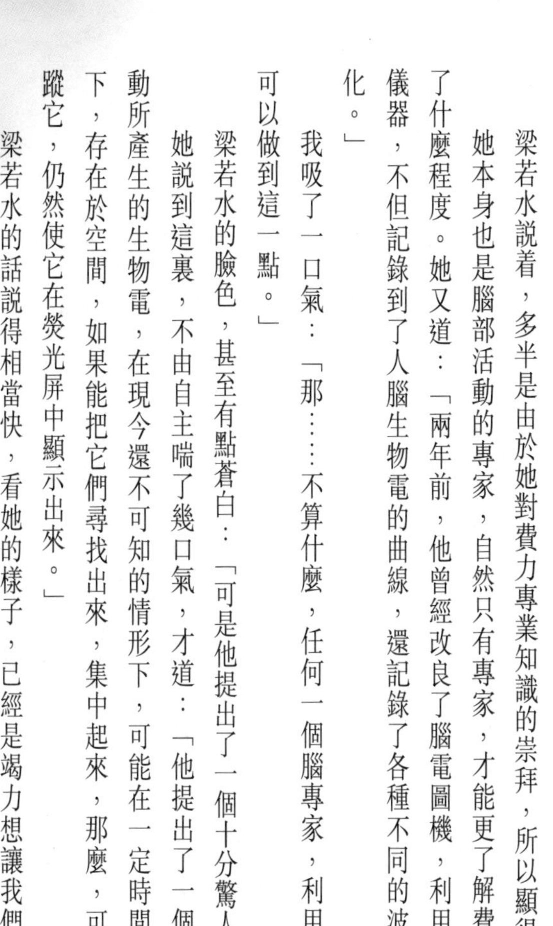

梁若水說着，多半是由於她對費力專業知識的崇拜，所以顯得有點激動。她本身也是腦部活動的專家，自然只有專家，才能更了解費力的知識達到了什麼程度。她又道：「兩年前，他曾經改良了腦電圖機，利用更精密的電子儀器，不但記錄到了人腦生物電的曲線，還記錄了各種不同的波形和波幅的變化。」

我吸了一口氣：「那……不算什麼，任何一個腦專家，利用腦電圖機，都可以做到這一點。」

梁若水的臉色，甚至有點蒼白：「可是他提出了一個十分驚人的理論——」她說到這裏，不由自主喘了幾口氣，才道：「他提出了一個理論：人腦活動所產生的生物電，在現今還不可知的情形下，可能在一定時間，一定的條件下，存在於空間，如果能把它們尋找出來，集中起來，那麼，可以在儀器上追蹤它，仍然使它在熒光屏中顯示出來。」

梁若水的話說得相當快，看她的樣子，已經是竭力想讓我們明白她在說的是什麼，可是由於她所說的實在太專門，所以我們還是不很了解。

白素蹙着眉不出聲，我反問：「就算他的理論實現了，又有什麼作用？」

梁若水苦笑：「已知道，有很多科學理論可以自始至終，都只不過是理論；也有很多科學理論，可以得到證明，但是證明了之後，可能一直沒有作用，也可能要在許久許久之後，到人類的科學進入了一個新的境界之後才有用。」

溫寶裕嘰咕了一句：「是啊，證明二加二等於四，多麼困難，證明了之後又有什麼用？」

梁若水的話使我思緒紊亂，我用力一揮手：「先別說理論，費力要你離開維也納？」

梁若水點頭：「他一連請求我六七次，說是他的研究，有了極大的、意想不到的突破，足以改變整個人類的歷史，影響人類今後的進化——」

良辰美景咋舌：「太偉大了！」

我則自然而然搖頭，太多人以為科學上的一點小發現，就足以改變人類的命運。

梁若水續道：「他表示，他需要一個助手，而我是最合適的人選，我經不起他的請求，才答應了他。」

白素沉聲道：「可是實際上，你並沒有參與他的研究工作。」

梁若水露出憤然之色：「若不是費力在學術上真有那麼出色的成就，我一定把他當瘋子！我興沖沖地回到本市，一下機就到海邊他的實驗所去，誰知道他竟把我堵在門口！」

梁若水的話，令各人很愕然，溫寶裕叫了起來：「你就連實驗室也沒有進去？」

梁若水攤開手：「請問我應該怎麼樣？使用暴力，和他大打出手？」

白素道：「請把經過情形，詳細說說，回想費力醫生的每一個動作，每一句話。」

梁若水神情遲疑：「雖然他的行徑十分怪誕，簡直豈有此理，但是我絕不會認為他在從事什麼和罪惡有關的勾當！」

我悶哼了一聲：「那要看你對罪惡的定義是什麼。」

梁若水的俏臉通紅，十分肯定地道：「任何定義，任何角度出發的任何定義。」

我嘆氣：「不能說得那麼肯定，自上帝的角度來看，人的一切行為，都有罪惡的影子。」

梁若水忽然笑了起來：「那當然，我說的任何角度，自然只是人世的角度。」

白素緩緩地道：「梁醫生，沒有人想判定誰有罪誰沒有罪，只是想從費力醫生的言行之中，尋找一些問題的答案。」

梁若水深深吸了一口氣：「費力是我們研究的項目的權威，在他的一再請求下……」

梁若水確然一下機，就直赴費力的研究所。那是大約兩個月之前的一個下午，風和日麗，天氣極好，當梁若水在研究所的門口，按了鈴，等待開門時，半轉過身望着艷陽之下，碧波粼粼的海水，很是心曠神怡，所以，接下來發生的事，對她來說，也格外不可思議。

她按鈴之後，等了一分鐘，沒有反應，於是再按。這一下，又等了半分鐘，才聽到了一種低沉而疲倦的聲音，自門口的對講機中傳了出來：「誰？別打擾我！」

梁若水和費力，曾在好幾個重要的醫學研究會上見過面，作過討論，自然認得他的聲音，她立即興奮地叫：「費力，我，梁若水，我來了！」

當她這樣叫的時候，很明顯地聽到費力發出了一下深吸一口氣的聲音，接着，便完全沒有聲音，過了足有三分鐘，在梁若水已感到可能會有極不尋常的事發生時，門打開了，費力閃身出來，隨即把門在背後關上，臉色蒼白，雙眼失神地望向遠方，甚至不看站在門前，才從萬里之外，應他邀請來到的梁若水。他的神情動作，都再明顯不過地表現他的心意——非但不準備請梁若水進去，而且十分希望她立即離開。

梁若水雖然是一位極出色的精神病醫生，可是在那樣的情形下，她也不知道該如何應付才好。她當然懂得費力的「行為語言」，可是總不能就此問也不問，掉頭就走！

於是，在她和費力醫生之間，就展開了專家之間才使用的對話，簡單明瞭絕無廢話。

梁若水只問：「為什麼？」

費力回答：「有了變化，我一個人可以應付了。」

梁若水再問：「看來你想掩飾什麼！」

費力發出了幾下乾笑聲，目光始終不望向梁若水，而臉肉抽動幾下；梁若水難過地搖了搖頭：「你一直是我最尊敬的——」

她的話只說了一半，便沒有再說下去，不必說，意思也極明顯，她認為是他的研究已有了結果，所以不想他人來分享聲譽，這種行徑自然會令崇拜者失望。

費力卻神情苦澀，甚至極不禮貌地向梁若水揮了揮手，梁若水脾氣再好，也無法忍受，她後退了步：「你肯定自己的行為正常？」

費力忽然長嘆一聲：「不能肯定，但必須如此！」

梁若水轉身就走，在她走出了幾步之後，她聽到身後傳來關門聲。

梁若水緩緩搖頭：「我氣得想罵也罵不出來，恰好那個醫院要人，我就暫時加入工作。」

我們各人互望了一眼，我道：「兩個多月前，正是那人失蹤的時候，費力受了打擊，才有那種反常的行為？」

梁若水失聲道：「那個……建文帝，是從費力的研究所中走出去的？」

大家都不說話，顯然每一個人都同意了我的意見，大家也都望着梁若水，溫寶裕攤了攤手：「梁醫生可有更好的假設？」

梁若水皺着眉，認真地思索着，來回踱步，好一會才站定：「人，喪失智力，有的是因為細胞染色體的轉變——這一類人，大多數在外形上就可以看得出來，這種癡呆症患者，在外形上也有可怕的變異。另一種，是腦部機能的障礙，那一種人，外形和常人沒有分別。」

我沉聲道：「自以為是建文帝的那個人，外表看起來一點也不像白癡。」

良辰美景道：「那個李自成看來也不像白癡。」

我用力一揮手，提高了聲音：「問題已極明顯，費力不知通過了什麼方法，向精神病院要來了兩個無親無故、不會有人追究下落的腦機能障礙者，弄到了他的研究所中。」

梁若水補充：「全世界精神病醫生，都對費力十分尊崇，醫院的院長也不例外，費力若有要求，只要不太過分，院長就會答應。」

白素問：「假設他向院長要兩個病人去研究，那種要求，算不算過分？」

梁若水想了一想：「不算過分，醫院中有的是根本沒有治癒希望、也不會有人關心的病人。」

我深吸了一口氣：「不知道費力醫生通過了什麼方法，使這兩個人又有了智力，而且情形奇特之極，一個自以為是李自成，一個自以為是建文帝。」

各人聽我這樣說，神情都古怪之極。梁若水俏臉煞白，想說什麼，又沒有說出來。白素向良辰美景作了一個手勢，紅影一閃，已有一杯酒遞到了梁若水面前，她喝了酒，才叫了出來：「他成功了！費力真的成功了！」

我苦笑：「小姐，剛才你甚至還不知道他研究的課題是什麼，現在何以你肯定他成功了？他在研究的，在那兩人身上做的，究竟是什麼？」

梁若水再喝了一口酒：「本來我不能肯定，但現在綜合起種種迹象，我可以肯定，他在研究的是……是……」

她說到這裏，臉色更蒼白，聲音急促，胸脯起伏，我們幾個人都不約而同向她做手勢，示意她慢慢說，不必太心急。

但由於她想到的事太駭人，所以她過了好一會，呼吸才回復了正常。她再喝一口酒，才道：「就是他幾年前提出來的那個理論，他認為可以通過儀器，接收到游離狀態的記憶組，那是一種由生物電組成的電波。」

梁若水說得相當專門，但我們一下子就聽懂了她的話，我首先叫起來：「鬼魂！」

所謂腦部活動產生的生物電形成的記憶組，就是人的鬼魂。

人死了，記憶還呈游離狀態存在，就是人的身體和靈魂的分離。費力醫生研究的是要把這種記憶找出來，那麼他的研究工作，不管動用了什麼樣的儀器，不管他用的是什麼方法，他的目的就是「招魂」！

我叫了一聲，一時之間，人人都靜了下來。

古今中外，不知多少人試行招魂，也不知多少人自稱能招魂，各有各的方法和手段，有的自稱是天生的靈媒，能和靈魂接觸，有的通過法術行為，燒符吟咒，聲稱那樣鬼魂就會受他們的驅使，招魂的方法多而且雜。更引人入勝的是，世界上各個角落，不論文明或野蠻，似乎都相信，可以通過某種方法而把人的靈魂招來。

費力醫生通過什麼方法達到他的目的？

我在他的研究所中，見過龐大之極的電腦裝置，那就是他的招魂工具？

有一派中國古老的招魂者，招魂用一種三角形的白布旗子，稱之為招魂幡，那大型電腦難道就是費力醫生的招魂幡？

一想到這一點，我不禁有腳步虛浮、不可捉摸的怪異感覺。

梁若水鎮定了下來：「我想，他一定成功了，他不但收集了記憶組，而且有更進一步驚人的成功。」

溫寶裕誇張地雙手抱住了頭，發出驚呼聲，白素的聲音中，也難免有極度的驚愕：「而且，他把收集來的記憶組，輸入了一個智力等於零的人的腦

部。」

溫寶裕陡然起來，雙手揮舞：「這是什麼樣的一種情形，一組記憶，實在是什麼也沒有，看不見摸不着，實在是什麼也沒有。」

我的心意和小寶也相去不遠，只覺得事情透着極度的怪異，但我當然不同意他所說的「什麼也沒有」。我拍着他的肩頭，令他的雙手停止揮舞：「不是什麼也沒有，而是實在有的。物質才使你能看得見，摸得着，記憶，一組產生自人腦活動的記憶，只不過是一種……電波，一種能量，看不見摸不着，可是存在。」

溫寶裕的情緒仍然十分狂亂，他張大口，喘着氣，呈現了因為心情緊張而缺氧的徵狀。白素微笑着：「小寶，你怎麼把偉大的『衛斯理鬼魂論』忘記了？」

溫寶裕一聽，「啊」了一聲，頗有如夢初醒的感覺，緊張的神情，也緩和了下來。

我對於鬼魂，有一套自創的解釋法，熟朋友，連白素在內，稱之為「衛斯理鬼魂論」。

我的假設（在未能有隨時可以舉出證例之前，任何有關鬼魂的理論，都只能是假設，這是極科學的、客觀的態度），是認為人腦活動的生物電，產生腦電波，或一種能量，形成記憶，那就是人的靈魂。

人死了之後，這組不知以什麼形式存在的能量，或許就此消失，或許仍然存在，在任何空間中存在，若是一旦又和人腦發生了聯繫，人就可以看到鬼魂，摸到鬼魂，甚至和鬼魂交談……等等。

那情形就像在我們生存的空間之中，有無數無線電波存在着一樣。你有一架收音機，和傳送聲音的無線電波發生聯繫，就可以聽到各種各樣的聲音；有一架電視接收儀，和傳送影像的無線電波發生聯繫，就可以看到各種各樣的影像。聽收音機和看電視，是每個人每天都在做的事，絕沒有人覺得有什麼稀奇。

所以，有時，腦部活動恰好和那種有太多未知成分的能量接觸，而看到了什麼，感到了什麼，就算見到的是一個早已死去的人，也大可不必大驚小怪，

因為無數這樣的能量（鬼魂）本來就一直在我們的身邊，只不過沒和我們腦部發生聯繫之時，就感不到它們的存在而已。

以上，便是「衛斯理鬼魂論」的最簡單假設，我在若干次和靈魂有關的故事記述之中，都曾把這個說法提出來過，也得到很多人的認同。

溫寶裕對這個理論自然十分熟悉，剛才只不過是由於我們的分析，一步逼一步，所達成的結論實在太駭人，所以他才有點失常而已。

白素一提醒，他長長地吁了一口氣，又活潑了起來：「嗯，也不算太怪，鬼魂論如果可以成立，那麼，自然也可以把它們收集起來，然後，又把本來就由腦部活動產生的能力，再回到腦中去。」

良辰美景的手互握着，眼瞪得老大：「那樣做……不是……如果收集工作可以隨心所欲地進行……那豈不是等於每一個古人，都可以……復活了？」

我自認識良辰美景以來，她們説話如聯珠之炮，不但説，還要夾雜着不斷的笑聲──人家是張口説，她們是兩張口，自然説話的速度，也可以比人快上一倍，再也想不到她們兩人，也會有期期艾艾，結結巴巴，説話説得那麼不流暢的時候。

她們這時所說的話，也確然令人感到震驚！

的確是，如果有辦法把不知用什麼方式存在的記憶，一組一組收集起來，再注入人腦之中，想想看，那是一種什麼情形？

那等於是把鬼魂招了來，進入人體，使得早已喪失了身體的鬼魂，重新得到身體。

那結果是什麼？就是良辰美景所說的：每一個古人，都有可能復活！

那個「建文帝」，就是復活了的建文帝，他完全活在五百多年之前，不但自稱「朕」，知道他最後的逃難所在十萬大山，還在害怕東廠西廠錦衣衛在搜捕他，還在恨他的江山不保，而且最後，還無可避免，會走上自刎的舊路。

那個人，就是建文帝的復活！

還有研究所長櫃子中的那個呢？那一個已經把他自己當作了李自成，看到了良辰美景，便當作是被他殺了的李岩的妻子紅娘子來報仇，他午夜驚醒，只知道問「緊急軍情」，又痛恨令他失敗的「辮子兵」。

那一個復活得還不是很徹底，可能是由於收集到的李自成的記憶，還不是太完全——據說，人是有「三魂六魄」的，是不是說，「記憶組」分成九個部分？要是收集齊了，那個躺在長櫃子裏的人，會不會跳出來造反？

我想到這裏，已然遍體生寒——這種靠收集記憶注入人腦，也就是招魂加諸人身的本領，若是被有系統地掌握，廣泛運用起來，地球會變成怎樣，真是難以想像。雖然說如今地球上充滿混亂，但是在混亂中求生存的人，總還在勉力適應，而且，人類的物質文明和精神文明，都不斷在進步，道德觀念也不斷在改變，要是忽然之間，許許多多古人都復活了，都佔據了現代人的身體，那會是什麼樣的情景？

一想到這些，本來就不寒而慄，而突然之間，我又想起另一件事來，我立即手指着客廳的一角，而眼向白素看去。這時，我相信在場的所有人，思緒和我一樣，因為我看到人人都有駭然的神情，而白素的眼光，也正投向我指的那個角落，當然因為她也同時想到了我突然想起的事。

那角落，本來放着一尊相當高的陶塑像，詩仙李白的塑像。

上次，費力來，由於他知道我曾偷入過他的研究所，大怒離去之前，經過那尊塑像，把它舉了起來，砸成粉碎，我不知說了一句什麼，對了，我說：

「你砸碎的是李白！」

費力醫生如何回答？他的回答是什麼？

他的回答是：「李白又怎樣？你要，我可以給你一個活的李白！」

當時，聽到他那樣說，只當他是在盛怒之下的語無倫次。可是現在想來，他真有這樣的能力。

只要他能收集到李白的記憶（把李白的魂魄招來），移入任何人的腦部，那麼，這任何人，就是活的李白，會「斗酒詩百篇」，會「長安市中酒家眠」。

他不是說着玩的，他真有這能力。

我張大了口，白素向我望來，我苦笑，聲音乾澀：「他成功了，費力醫生成功了！他的成功，超乎我們的預料，他真的成功了！」

一時之間，人人都沉默，不出聲。

第十五部

用他自己作實驗

各位一定也注意到了，在我記述的許多故事之中，很少有如今這樣的情形出現。

通常的記述程序是：發現了不可解釋的怪象，逐步探索，怪象的形成，總有原因，也由特定的人引發或製造出來，在真相被一步步揭露的時候，那個特定的人，總會在場，而且更多的情形下，就是由這個特定的人，作為真相的最後揭露人。

可是這次不同，當我們已經通過假設、推理，達到了完善的結論，整個異象可以說已經「真相大白」了，但是「特定的人」費力醫生，卻並不在場。

所以，在沉默了片刻之後，良辰美景、胡說、小寶都叫了起來：「還等什麼？」

他們叫「還等什麼」的意思，自然是說還等什麼，還不快去找費力醫生？一切全是他製造出來的，他已經掌握了招魂的能力，已經招來了明朝建文皇帝的魂，也招來了流寇皇帝李自成的魂。

他不但招來了魂，而且還把招來的魂，移入了人的腦中，使古人復活！

而且，他這方面的能力，一定已到了相當高深的程度，因為他盛怒之下，也不忘誇口，說是可以給我一個「活的李白」。

有了這樣能力的一個醫生，就在我們附近，我們分析所得的結果如此驚人，自然早見到他一刻好一刻！

隨着「還等什麼」的叫聲，良辰美景已經一擁而出，她們的車子就停在不遠處，立即又聽到了她們上了車。按響車號，催促他人快一點的聲響。

我匆匆向白素作了一個手勢，也緊跟着追了出去，來到了她們的車旁，喝道：「等一等，我們要一致行動！」

良辰美景雖然性急，但看到我神色凝重，倒也還忍得住。這時，溫寶裕、胡說兩人也奔了出來，我把他們安排在良辰美景的車子上。

溫寶裕急道：「快點去！費力醫生可能知道自己的事被人知道了，會生意外……逃走或者是把一切都毀掉！」

良辰美景齊聲叱道：「你胡說什麼？他在做的事又不犯法，為什麼要逃？」

溫寶裕眨着眼，我看白素和梁若水也走了出來，我們一起上了梁若水的車子，和良辰美景作了一個手勢，她們的車子疾駛而去，梁若水忙駕車跟在後面。

我定了定神，想起良辰美景剛才所說的話，心中在想：費力醫生研究成功，掌握了招魂的能力，可以隨意把古人的魂魄招來，使之進入現代人的身體之中，聽起來自然是駭人聽聞之極，可是他的行動，卻絕無觸犯任何人類法律之處！

任何社會制度之下，都沒有法律禁止把古人的魂魄收集起來——很簡單，因為在他之前，根本沒有任何人有這種能力！

我又想起，費力醫生在首次向我提及他研究課題時的那種神情，他在研究，並且已取得了成績的，竟是那麼驚人的事，難怪當我問及他的時候，他的神情如此自豪而不屑向我解釋！

他可以說是自有人類歷史以來，第一個能主動和靈魂接觸，確實證明了靈魂存在的人。

我想到這裏，深深吸了一口氣，脱口道：「如果我們的推論屬實，費力醫生可以説是偉大之至！」

梁若水和白素點頭，她們雖然不説話，但也同意我對費力醫生的評價。

我不知道四個青年人怎麼想，但是看到他們在車上，指手劃腳，爭論不休，幾乎連駕車都不能專心，自然他們也在對費力醫生的其人其事，作熱烈的討論。

愈是接近研究所，我的心情就愈是緊張，等到兩輛車在研究所前停下來時，時間已接近午夜，研究所的建築物，上下兩層，都有燈光透出來。停了車，所有的人都離開了車子，好講話如溫寶裕，也緊抿着嘴不出聲。四周圍極靜，更使人感到心頭有一股重壓——在這個研究院之中，一個人發揮了他超人的想像力，達成了人類自有歷史以來，沒有人做到過的事，他掌握了可以招聚魂魄的力量。

只要一想到這一點，就叫人感到全然不想講話——要思索的問題太多了，誰還會顧及説話？

一行人互望了一下，由我帶頭，向前走去，一直來到了門口，我才伸手按鈴，溫寶裕站在我的身邊，表示十分勇敢地挺起了胸。

我望着他那個樣子，不禁又好氣又好笑，輕輕推了他一下：「別那麼緊張，費力醫生只不過招聚死人的魂魄，沒有什麼可怕的！」

溫寶裕的俊臉上透着害怕：「理論上來說，他能把魂魄移入人體，自然也可以把魂魄自人體移走，我的三魂七魄要是被移走了——」

他才講到這裏，門就打了開來，費力醫生開了門，他滿臉笑容，看到門外有那麼多人，先是怔了一怔，然後，猶有餘怒地向我瞪了眼，向梁若水揚了揚手，才道：「像現在這樣，光明正大的來多好，偏要鬼頭鬼腦，偷偷摸摸！」

在途中，我已估計過我們會遇到的情況，可是再也沒有想到，費力醫生竟然會用這樣全然若無其事的態度！

一時之間，我們都不知如何應對才好，沒有人說話，因為我們的心情和他的態度，全然是兩回事，絕無法適應。

費力醫生仍然笑着，拍着我：「剛才我聽你們在廣泛交談三魂七魄？衛斯

理，你又有什麼古怪念頭了？」

我心中隱隱感到事情十分不妙，費力醫生那麼說，可能是他已經知道我們猜到了他在做什麼，而準備完全否認。

我正待開口，而且看得出溫寶裕、梁若水都準備説話，忽然門內又有人一面笑，一面走出來，那是一個滿面紅光的中年人。他一出來，就指着梁若水，呵呵笑着：「梁醫生，你怎麼來了？」

梁若水立時回答：「院長，我離開歐洲，本來就是費力醫生請我來的。」

費力搓着手，十分不好意思：「真對不起，我會賠償一切損失。」

梁若水逼前一步：「為什麼我來了，你又不要了？」

費力嘆了一聲：「本來我以為研究工作有了新的突破，需要一個優秀的助手，可是後來發現仍然一點進展也沒有，那令我十分沮喪，真對不起！」

梁若水眼中有憤怒的光芒，因為她可以聽得出，費力明顯地在説謊。她冷冷地道：「費力醫生，你的研究工作，已經成功了！」

四個年輕人齊聲道：「極成功！」

費力露出訝異莫名的神情：「這是怎麼一回事？我自己應該對我的研究工作最清楚，是不是？」

費力醫生的態度這樣子，那事情再明白也沒有，他肯定要否認一切了！

我沉聲道：「那麼，請問你研究的課題是什麼？」

費力看來十分生氣，望了望那中年人（梁若水叫他「院長」，他當然是精神病院的負責人），乾笑着：「為什麼要對你說，說了，你又能懂多少？」

梁若水立時道：「至少我懂，衛斯理其實也懂，我們大家都很佩服你——」

我接了上去：「是啊，你竟然成功地把古人的魂魄招聚起來，移進了人體之內。」

費力和院長的眼睛都睜得極大，神情駭異莫名，費力甚至叫了起來：「等一等！等等！你在胡說八道什麼？招聚魂魄？你把我當成巫師還是祭師了？」

我作了一個手勢，表示不如進去說，比大家待在門口好，他立時請我們進去，在一間相當合適的起居室之中，我把我們推測到的一切，摘要敘述，說得十分清楚明白，而且不讓費力有插嘴的機會，說完後我才總結了一句：「你的

成功，是人類科學上極了不起的成就，何必要否認？需要討論的只是如何公開這項成就，免得引起全人類心理上產生太巨大的打擊。」

費力醫生在我講完之後，用力拍手，院長則目瞪口呆。費力道：「你剛才所說的一切，想像力豐富之極，我看是自從公元一九二九年，漢斯貝加教授發現腦電波的存在之後，對腦電波現象所作的最大膽的假設。」

院長到這時才喘了一口氣，叫道：「天！這算是什麼假設！招眾……靈魂……費力，我真的不知道你有那麼大的本領！」

費力攤了攤手，作了一個無可奈何的神情。

我不知道院長扮演着什麼角色，但費力企圖否認一切，這卻已可肯定，那使我十分惱怒——不論他持什麼理由，在這種情形下，他都不應該抵賴！

我且先不對付他，只是指着院長，冷冷地道：「院長先生，你把貴院的病人，借出來給費力醫生作不尋常的研究，這是你職權範圍所容許的？」

院長的臉色略變，但是他立即道：「費力醫生是精神病專家，考慮到對病人有利，我有權那麼做。」

我「嘿嘿」冷笑：「有利之至，兩個毫無希望的白癡，一個變成了李自成，一個變成了建文帝！」

當我這樣說的時候，我和白素都以銳利的目光，集中注意費力的反應，費力一副又莫名其妙，又不耐煩的神情，表演得無懈可擊！

院長則叫了起來：「你亂七八糟在說些什麼啊！」

我伸手向上面指了指：「你沒見過？上面有一個人自以為是李自成，原因是有一種力量，招來了李自成的靈魂，進入了他的腦部。」

院長揮着手，嘆了一聲，不再和我說話，顯然已把我當成了瘋子。這使我相信院長不是合謀，所以我逼視費力，費力正在向院長解釋：「他說的，就是那個病人！」

我提高了聲音：「你不請他下來？」我說着，向良辰美景使了一個眼色，兩人紅影閃動，已經離開，把院長看得目瞪口呆，連連搖頭。

不一會，就有腳步聲傳來，良辰美景一邊一個，夾着一個身形十分魁梧、神情呆滯的大漢下來，她們的神情十分疑惑，進來之後，攤開了手，那大漢就

木然站立着，看來像是一棵植物。

費力醫生忽然激動起來：「我不知道你們想證明什麼，梁醫生也是專家，這是一個智力等於零，腦部機能嚴重障礙的病人，我試圖從各方面去使他的情形改善，但是沒有結果，你們胡說什麼？他……自以為是李自成？我設法招來了李自成的魂，移進了他的體內？」

我們所有的人都點了點頭，院長神情駭絕，喃喃地道：「看來，病院又要加添幾個病人了。」

費力又是駭異又是惱怒：「對你們這些瘋子，我無話可說。」他轉向那人，大聲道：「喂，人家說你有了李自成的靈魂。」

那人當然毫無反應，我冷笑：「要令靈魂離體，十分容易，我就曾一個耳光，把建文皇帝的靈魂打出了竅。費力醫生，那個建文皇帝，當然也是由你的研究所製造出來的，你曾對他的下落關心之至。」

費力醫生高興地笑了起來：「衛斯理，把你想到的寫成小說吧，在我這裏，你可得不到什麼。」

他竟然推得這樣一乾二淨，這實在出乎我們意料之外。我們面面相覷，儘管心中十分生氣，但無法可施。四個年輕人十分氣憤，但白素使眼色，作手勢，不讓他們說什麼。

白素心平氣和：「我們已找到了那個建文帝，他也是從精神病院出來的吧？」

費力一指院長：「你們可以問院長，他借了多少病人給我。」

院長立時道：「只有這一個！」

我皺起了眉，很快，就發現了一點——和各人交換了眼色之後，也知道大家都發現了這一點，那就是：不論我們的設想多麼接近事實，但只要費力矢口否認的話，我們就絕沒有辦法可以證實。

不錯，他的實驗室中，是有着異乎尋常的電腦和種種裝置，可是有什麼辦法證明那些儀器能招聚人的靈魂？所有的電腦資料，只怕全是曲線不同的腦電波，也沒有人知道可以代表什麼。

那兩個白癡，看來都是徹頭徹尾的零度智力，李自成和建文帝的記憶早已

離開了他們的腦部，當然也證明不了什麼。

我們非但不能證明任何事實，而且，如果把設想公布出來的話，還必然會引起訕笑，被人當作神經有問題。

當我們興沖沖地前來，準備向費力表示敬意之際，我們絕未想到這一點。

費力醫生為什麼要掩飾他有了這樣的大成功，不得而知，如今心亂如麻，也無法分析。但有一點可以肯定的是，就算我們提出再多的論據，費力只要一概否認，我們一樣沒有辦法，在這裏多耽下去，接近混賴，反而更加沒有好處。

我深深吸了一口氣，準備撤退，但還是冷笑了一聲：「費力，你做了什麼，你自己當然清楚，希望你能進一步成功，那實在是了不起的成就！」

費力聽後無動於中，而且十分不耐煩，揮着手，我不等他下逐客令，轉身就走了出來，四個小傢伙不肯就此離去，是給白素硬押出來的。

走出了建築物，來到了車旁，溫寶裕先叫了起來：「這算什麼，他……為什麼不承認？」

白素道：「他有權不承認。或許，他怕事情一公開，造成太大的震撼，或許，他遭到了失敗，或許，不知道為了什麼原因，總之他有權那樣做！」

我不是很同意白素的話，但是卻也想不出什麼可以反駁之處。古人的靈魂成萬成億，招聚來了，自然不觸犯任何法律，也沒有什麼人可以抗議，他要保持秘密，也沒有什麼人有權去拷打他要他招認。

我想了一想，就部署了行動方針：「我立刻再到十萬大山去，把齊白和那人弄回來。良辰美景從明晚開始，每晚來觀察費力醫生的行動，最好把他的特殊活動都拍攝下來。但是絕不要讓他發現。」

白素微皺着眉，看來她不是很同意我的做法，但也不是很反對。我又道：「梁醫生，請在病院中多了解，弄清楚是不是另外有一個零度智力的病人，曾和這裏發生過關係。」

梁若水也悻然：「真豈有此理！」

我們趁興而來，敗興而回，車行不久，良辰美景停了車，把溫寶裕和胡說趕到了我們車中，說是當晚就展開監視，不讓費力混賴。

第二天一早，我起程進入十萬大山。以我和齊白兩人的能耐，要帶一個白癡過邊境，自然輕而易舉，見了齊白後，第五天下午，已經回來，那白癡十分聽話，撥一撥，動一動。齊白已聽我説起過費力醫生的否認，我們回到家時沒有人，但不一會，白素和良辰美景先回來，神情都十分古怪。

我連忙問：「監視費力醫生，可有什麼發現？」

良辰美景搖頭：「他只是在埋頭工作，經常徹夜不眠，實在是極度工作狂熱的科學家。」

白素補充了一句：「衛，她們拍了不少影帶回來，你看看，照我看來，他……這次實驗的對象，像是他自己。」

我怔了一怔，良辰美景已忙着在準備她們拍回來的影帶。白素又道：「當晚，費力就把那病人還給了院長。梁醫生昨天還曾打電話來，説是醫院裏這種無親無故的病人，確數一直無人知道，所以不能肯定。」

我向帶回來的那白癡一指：「管他是哪裏來的，反正送他回精神病院沒錯，總不能養他在我們這裏。」

白素點頭：「我這就和梁醫生聯絡，不過，照我看，院長不可能是合謀。」

我苦笑：「有可能這一個是費力從病院中偷出來的。」

白素居然同意了我的説法，點了點頭。

這時，良辰美景已經準備好，按下了掣鈕，白素解釋：「她們拍攝回來的影帶很長，我看過之後，保留了我認為重要的部分。」

我點了點頭，凝神去看熒光屏，看到在電腦的控制台前，有一個儀器，連着一個半圓形的頭罩，費力正把那半圓形的罩，罩向他自己的頭部，全神貫注，調節着罩上的一些掣鈕。那罩上有許多條粗細不同的電線和儀器連結着，他的神情，一下痛楚，一下沉思，有時微笑，有時蹙眉，雙手卻不斷在調整着各種掣鈕。

看了一會，良辰美景就道：「我們研究過，認為這是他用自己做實驗。」

我看得驚駭莫名：「他想作什麼？把一個不知是什麼人的記憶輸入他自己的腦部？」

白素道：「看來正是這樣，問題是，那會不會令他自己原來的記憶消失？如果會，那他豈不等於……自殺？只有他一個人懂得這方法，沒有人可以令他恢復原來的記憶。」

我也想到了這一點，不禁感到了一股寒氣：「那……不能算自殺，只是他努力使自己變成另一個人。」

良辰美景搖頭：「那不是好現象，一個現代的傑出科學家消失，一個不知是什麼莫名其妙的古人復活，那算是什麼交換？」

我抿着嘴，再看下去，一連幾晚，情形都差不多，偶然，費力醫生會除下頭罩來，仔細注視着連繫電腦的熒光屏，在熒光屏上，是許多雜亂無章的線條，一點也看不出什麼名堂。可是費力醫生卻看得十分用心，幾乎連眼都不眨一下。

接着，在熒光屏上，出現了不少字母。白素道：「這一節十分重要，你看，這是什麼文字？」

良辰美景固定了畫面，可以看得很清楚，我一看就道：「像是漢字的羅馬拼音。」

白素點頭：「我也認為是，可是卻不知道是什麼意思，你念念看。」

我看着熒光屏，根據拼音念着：「倉狼慢四——近鷹煙煮——取泉受——豬羊管豬——換下子……」我一直念下去，雖然字字都發音十分正確，可是全然不知那是什麼意思。白素也跟着我念，念完之後也是一片茫然，不知是什麼意思。

拼音漢字不能望其音而思其義，我相信如果熒光屏上顯示的是漢字，那一定可以知道那是什麼意思了。

齊白在一旁，看得焦躁起來：「別在這裏打啞謎，我有辦法叫他從實招來，去看他去！」

我也覺得有必要再去看費力醫生一下，當下就和齊白一起出發，良辰美景反正晚上要去監視，也就跟了去，白素嘆了一聲：「最好別造成太大的干擾！」

我們到達研究所時，夕陽西下，海面上金光萬道，奪目之至，按了半天門

鈴，沒有人開門。弄開鎖推門進去，就看到地上攤了老大的一張宣紙，宣紙上是一幅畫，畫筆極簡單，但是極傳神，只見煙波浩渺的水面之上，一葉扁舟，船頭站着一個人，筆法佳妙之至，畫上還有着題字，字相當大：五湖四海任遨遊，吾去也！

下面卻沒有署名。

在我和齊白發怔時，良辰美景已上下飛馳，她們再回來時，臉色發青：「沒有人！這屋子內……沒有人，肯定沒有人。」

齊白指着畫上，湖邊的一堆石頭，聲音異樣：「這石頭的畫法，叫……折帶皴，這是大畫家倪雲林所創，而這幅畫……若叫我來鑒定，我就說是倪雲林的傑作。」

我怒道：「你胡說什麼！這明明是新畫的。」

齊白不再出聲，我們收起了畫，走進了電腦室，良辰美景正在亂按鍵鈕，熒屏上忽然又露出了那些拼音漢字，齊白盯着它們看，然後，取過紙和筆：「衛斯理，你念，我寫。」

我照着發音念，他寫下來的卻是「滄浪漫士——靜因庵主——曲全叟——朱陽館主——幻霞子……」

我看到他寫下來的，也呆住了，那全是元朝大畫家倪雲林的外號！

費力醫生招來了倪雲林的魂？

費力醫生一直沒有再出現，在我記述這故事時，他失蹤已超過半年，他是不是變成了倪雲林？而倪雲林為了逃避亂世，下落不明，是歷史上一個神秘失蹤人物，沒有人知道他最後到了何處！

（全文完）

衛斯理小說典藏版　26

招魂

作　　者：　衛斯理（倪匡）
責任編輯：　林詠群　葉倩文
封面設計：　李錦興
出　　版：　明窗出版社
發　　行：　明報出版社有限公司
香港柴灣嘉業街18號
明報工業中心A座15樓
電　　話：　2595 3215
傳　　真：　2898 2646
網　　址：　https://books.mingpao.com/
電子郵箱：　mpp@mingpao.com
版　　次：　二〇二二年七月初版
I S B N：　978-988-8688-72-2
承　　印：　美雅印刷製本有限公司